中国历朝通俗演义
青少年白话文版 ④

南北史演义

蔡东藩◎著

王 统　张雅婷◎改编

民主与建设出版社
·北京·

© 民主与建设出版社，2024

图书在版编目（CIP）数据

南北史演义 / 蔡东藩著；王统，张雅婷改编. -- 北京：民主与建设出版社，2024.1
（中国历朝通俗演义：青少年白话文版；4）
ISBN 978-7-5139-4447-2

Ⅰ.①南… Ⅱ.①蔡… ②王… ③张… Ⅲ.①章回小说－中国－现代 Ⅳ.①I246.4

中国国家版本馆CIP数据核字（2024）第017701号

南北史演义
NANBEISHI YANYI

著　　者	蔡东藩	
改　　编	王　统　张雅婷	
责任编辑	金　弦　唐　睿　宁莲佳	
特约策划	任程民　向春婷　罗　双	
封面设计	海　凝	
出版发行	民主与建设出版社有限责任公司	
电　　话	（010）59417749　59419778	
社　　址	北京市朝阳区宏泰东街远洋万和南区伍号公馆4层	
邮　　编	100102	
印　　刷	三河市同力彩印有限公司	
版　　次	2024年1月第1版	
印　　次	2024年12月第1次印刷	
开　　本	880毫米×1230毫米　1/32	
印　　张	8.25	
字　　数	206千字	
书　　号	ISBN 978-7-5139-4447-2	
定　　价	699.00元（全11册）	

注：如有印、装质量问题，请与出版社联系。

注：图中"齐武帝萧颐"应为"齐武帝萧赜"。

注：图中"洗夫人"应为"冼夫人"。

目录 Contents

1. 与众不同的刘裕 / 001
2. 刘裕灭桓玄 / 006
3. 南燕灭亡 / 012
4. 卢循之乱 / 017
5. 刘裕刘毅明争暗斗 / 021
6. 后秦灭亡 / 025
7. 刘裕称帝 / 030
8. 北魏袭来 / 035
9. 刘义隆隐忍杀权臣 / 040
10. 北魏崛起 / 045
11. 魏主拓跋焘大杀四方 / 050
12. 刘义隆刘义康争权 / 055
13. 宋魏开战 / 060
14. 南北二帝遇害 / 066
15. 刘义宣叛乱 / 071
16. 昏君刘子业登场 / 075
17. 刘宋王朝的衰败 / 080
18. 萧道成建国 / 085
19. 萧赜登帝位 / 090
20. 拓跋宏迁都 / 095
21. 萧鸾篡位 / 099
22. 齐魏两国易主 / 104
23. 萧宝卷自食恶果 / 109
24. 梁魏纷争 / 113

25. 北魏内乱 / 118

26. 尔朱荣惨死 / 122

27. 尔朱家覆灭 / 126

28. 高王魏主的较量 / 131

29. 高王立新主 / 136

30. 魏分东西 / 141

31. 梁主萧衍留遗恨 / 146

32. 北齐的建立 / 151

33. 侯景的可悲下场 / 156

34. 萧绎焚书 / 160

35. 萧梁灭亡 / 165

36. 高演篡位 / 170

37. 北齐北周龙虎斗 / 175

38. 北周不义伐兵 / 179

39. 祖珽离间高纬诛功臣 / 184

40. 高齐灭亡 / 189

41. 宇文赟无德乱朝政 / 194

42. 杨坚建隋朝 / 199

43. 杨广夺太子之位 / 204

44. 杨广弑父篡皇位 / 209

45. 炀帝南巡凿运河 / 214

46. 炀帝首伐高丽 / 219

47. 杨玄感起兵 / 224

48. 骄奢淫逸的炀帝 / 229

49. 李渊自立唐王 / 233

50. 隋朝灭亡 / 238

1. 与众不同的刘裕

东晋时期，江南丹徒区出了一位乱世枭雄刘裕，小名叫寄奴。说起刘裕，他的祖上是刘邦的弟弟——楚元王刘交，后来刘裕成了南朝刘宋的开国皇帝。

刘裕出生时就与众不同，他是在晚上出生的，但整个房间却发出亮光，跟白天一样。刘裕刚出生不久，他的母亲就得病去世了，父亲刘翘认为刘裕是个不祥的人想将他丢弃，幸好刘裕的姨母见他可怜把他收养了，并悉心照料他。

后来刘裕的父亲又娶了妻，继母对刘裕十分疼惜，刘裕也渐渐长大。

没想到刚刚过上安稳的日子，刘裕的父亲就去世了，家里没了顶梁柱，刘裕只能和继母相依为命，过着贫苦的生活。

刘裕向来不爱读书，大字不识几个，整日喜欢舞枪弄棒，骑马射箭，但在乡里也没法子施展技艺。

为了谋生，刘裕只能靠卖草鞋来补贴家用，日子过得十分艰辛。但是对待继母，刘裕却是一片孝心，宁可自己挨饿，也不让继母受苦。

有一天，刘裕在游寺庙的时候觉得有些疲倦，就在讲经的佛堂前打起盹来。

寺庙里的僧人见刘裕穿得破破烂烂的，准备上前呵斥他离开，却突然看见刘裕身上出现龙的图案，还发出五色的光芒，这可把众人惊呆了！大家禁不住嚷嚷起来。

熟睡的刘裕被众人的喧哗声惊醒，他问和尚发生了什么事，那些和尚只是看着刘裕一个劲儿地说刚才发生的神奇之事。刘裕只好笑着问他们："现在还能看到龙光吗？"那些和尚回答说："看不到了。"

刘裕又接着说："你们可不要乱说啊！恐怕是你们被太阳光晃花了眼才出现的幻觉吧？"但那些和尚还是坚信自己确实看见了刘裕身边出现的神奇景象，刘裕也没有与他们继续争辩，起身回家去了。

回到家中，刘裕仔细想了一下僧人们的话，他不禁怀疑自己可能真的有龙光护体，这也许是大富大贵的预兆也说不定呢！他左思右想，忐忑不安，后来就迷迷糊糊地睡着了。

睡梦中，刘裕梦见自己乘着巨龙在空中遨游。醒后，他更加相信这些都是好预兆，将来时来运转也很有可能。

第二天，刘裕对继母说想要去祭拜父亲，继母欣然同意了。途中，刘裕碰见了一位风水先生，这人叫作孔恭，他直夸刘裕生了一副好相貌。刘裕趁机与他攀谈起来，得知孔恭正在为富贵人家寻找上好的墓地。

这时候，他们来到了刘裕父亲的墓地，刘裕没有告诉孔恭实情，开玩笑地问道："这块墓地怎么样？"

孔恭来到墓前环顾了一周说道："这墓里埋的是谁？这可是一块能出帝王的宝地啊！"刘裕假装不知道，笑着说："难道能做皇帝吗？"孔恭也笑着说："你怎么知道他的子孙不能做皇帝呢？"

刘裕听了这话暗自欢喜，觉得自己将来必有一番作为，只不

1. 与众不同的刘裕

过时机未到。从此以后他做什么事情都很有干劲儿，整日不是卖鞋就是砍柴，看见飞禽走兽也会顺手射几个，拿来改善伙食。

秋天来了，刘裕去芦苇丛里砍柴，突然间蹿出一条鳞光闪闪的大蛇，它瞪大双眼吐着芯子，样子十分恐怖。刘裕可没见过这样的大蛇，不免惊慌起来，情急之下慌忙取出弓箭朝着大蛇射去。

只听见嗖的一声，那支箭正好射中了蛇的颈部，大蛇觉得有些疼痛，昂首怒视着刘裕，好像要扑过来一样。刘裕见状又朝着大蛇射了一箭，这次正好射在了大蛇的两只眼睛之间。

那大蛇疼痛难忍，不一会儿便溜走了。刘裕打量了一下大蛇，有数丈长，不禁倒吸一口凉气，感慨地说道："好大的恶虫，幸亏我射箭技术高超，动作麻溜，不然可要命丧蛇口了。"

第三天，刘裕又来到芦苇丛边，隐隐约约地听见有捣药的声音。他顿时觉得有点怪异，于是循着声音一直往前走，突然看见

几个穿着青衣的童子在轮流捣药。刘裕大声问道:"你们为什么在这里捣药呢?"

其中一个童子回答道:"我们大王被刘寄奴射伤,特命我们在此采药治伤。"刘裕又问道:"你家大王是何人?"

那童子回道:"我家大王是这儿的土神。"

刘裕笑着说:"你家大王既然有如此神通,怎么不杀了那刘寄奴?"

小童回答道:"你有所不知,那刘寄奴以后可是王者,我家大王怎么能杀掉他呢?"

刘裕听了童子的话,胆子更大了,他对着那群童子大声呵斥道:"我就是刘寄奴,今日就来除了你们这些妖孽,你们大王都怕我,你们不怕我吗?"

童子们听到刘寄奴三个字,立马被吓跑了,刘裕把他们捣好的药带回了家。说来也是神奇,每次受了刀伤箭伤,刘裕就把这药一抹,马上就痊愈了。

经历了这几次事件以后,刘裕觉得自己绝非等闲之辈,他不想继续砍柴种地,埋没了自己,于是就和继母商量想要投身军营,准备大展宏图,继母知道刘裕志向远大,也支持他去参军。

刘裕告别继母来到了将军孙无终旗下,报名入伍,开始了他的新生活。孙无终见刘裕身材高大魁梧,相貌堂堂,料到这小伙子绝不是一般人,于是让他做了自己的亲兵,不久后又提拔他为司马。

晋安帝隆安三年(399年),孙恩作乱,朝廷派刘牢之等人前去讨伐。刘牢之早就听闻了刘裕的大名,就把他招揽到了自己旗下,就这样,刘裕跟着刘牢之讨伐孙恩。

有一次,刘牢之派刘裕带领数十人前去侦察敌情,不料途中

1. 与众不同的刘裕

遇到数千名贼人。面对众多的敌人,刘裕根本没想着逃跑,而是手持大刀,向敌人杀去,最后竟然凭借一己之力杀得数千贼人四散奔逃。

随后,刘牢之的儿子刘敬宣带兵来接应刘裕,两人合力杀得孙恩最后大败而逃,逃到了海岛上。

# 2. 刘裕灭桓玄

话说一物降一物,这刘裕就是上天派来降伏孙恩的,而后两人几次交战,孙恩都被刘裕打得落花流水,损失惨重,不得已又带着部众逃亡,逃到临海的时候被临海太守追杀,走投无路后投海自尽了。

孙恩是被灭了,但他的妹夫卢循接了他的班,偷偷地聚集起残余部众准备趁机起事。

当时的荆州刺史桓(huán)玄手握重权,气焰逼人,想起兵作乱,于是授命卢循为永嘉太守,让他做自己的爪牙。

晋安帝立即派司马元显领兵征讨桓玄,调遣刘牢之为先锋,刘裕为参军。大军走到历阳的时候,正好与桓玄的人马相遇。

想不到刘牢之为了一己私利竟然向反贼桓玄投降,错过了除掉桓玄的最佳机会。桓玄的军队没了刘牢之大军的抵御,一路势如破竹,很快就除掉了司马元显及其党羽,掌握了朝政大权。

桓玄一上位就收了刘牢之的兵权,这时候刘牢之才追悔莫及,可惜世上没有后悔药。刘裕也对刘牢之失望极了,他不愿再跟随刘牢之,和刘牢之手下的大将何无忌一同离开了。

刘牢之落得部众叛离的下场,最后自尽而死。

刘裕来到京口之后得到桓玄的堂兄桓修的征召,被任命为中

2. 刘裕灭桓玄

书参军。那卢循当了朝廷命官之后仍贼性难改，背地里净干些劫掠百姓、偷鸡摸狗之事，他还派人袭击东阳。刘裕得知以后，领兵拦截，将卢循的手下杀得大败而逃。

不久，桓玄篡位成功，刘裕跟着桓修一起入朝拜见新帝。桓玄早就听闻刘裕的威名，高兴地接待了他们，并对司徒王谧（mì）说道："刘裕气度不凡，的确是当世豪杰啊！"

王谧也乘机大肆夸奖刘裕，说上天特地派刘裕这样的人才来辅佐新政。桓玄听了更加欢喜了，对刘裕十分器重。

然而桓玄的妻子刘氏看见刘裕后忧心不已，她提醒桓玄道："刘裕绝不是等闲之辈，陛下要趁早除了他，免得养虎为患！"

桓玄听了也觉得有道理，但是他还想利用刘裕为自己平定天下，所以暂时没有除掉刘裕。

后来，桓修邀刘裕一同返回京口，刘裕借口旧伤复发，没办法骑马，打算同何无忌一起乘船返回。

实际上，两人是在密谋讨伐逆贼的计划。他们先后拉拢了刘毅、孟昶（chǎng）、刘道规等人加入起义队伍，并且众人都推选刘裕为主帅。

后来，刘裕等人又召集了百余名义士，其中有二十多位智勇双全的人才，他们算是起义军的中流砥柱。

万事俱备，刘裕的讨伐计划也开始实行了，他们先设计杀掉了桓修。孟昶和刘道规等人得到响应之后又杀掉了桓弘（hóng）。

桓玄这边听说刘裕造反，不禁惊恐万分，急忙召集桓谦等人商量对付刘裕的法子。最后经过商议，桓玄下令顿邱太守吴甫之与右卫将军皇甫敷北上抵御刘裕的军队。

刘裕得知桓玄发兵后，让孟昶守住京口，自己则带着一千七百多名义士，南下进军，同时让何无忌写好檄文，将桓玄的各种罪

状告知天下。

两军交战后,桓玄的军队节节败退,他手下的两名大将吴甫之和皇甫敷也相继战死,战况越来越激烈了。

见情况危急,桓玄忙派兵驻守在东陵和覆舟山抵御刘裕的进攻,两军共计两万人。

接着,刘裕率军进攻覆舟山,他和众将士都豪情万丈,视死如归,刘毅一马当先,冲在最前面,刘裕手握大刀紧随其后,将士们也英勇冲锋,呼喊声响彻天地,最终成功击败桓玄手下的军队。

桓玄得知战败的消息,立即收拾东西坐船南下逃跑了,刘裕入主建康,并派人继续追击桓玄。

随后,刘裕被推举为都督八州军事并兼任徐州刺史,算是大权在握了,和刘裕一同起义的刘毅、孟昶等人也都得到了封赏。

2. 刘裕灭桓玄

桓玄逃到寻阳以后得到刺史郭昶之的隆重接待，他仍自称楚帝，还像之前那般威风。听闻刘裕派来的追兵已经到了城下，桓玄立即劫持晋安帝向西逃往江陵。

刘毅与何无忌、刘道规等人一举击败桓玄的水军，攻克溢口和寻阳，并派人将捷报传给了刘裕。

桓玄到了江陵立即召集了两万多名荆州兵并劫持晋安帝东下，准备与刘裕决一死战。

两军在峥嵘洲相遇，刘裕的军队乘风放火，将桓玄的战船烧毁大半。桓玄狼狈地乘着小舟劫持着晋安帝逃回江陵了。

这时候，桓玄的部将背叛了他，向刘裕投了降。桓玄再次回到江陵，已经是众叛亲离了，无奈之下只好趁着夜色逃往汉中。

益州刺史毛璩（qú）的侄子毛修之一直想为民除害，他当时在桓玄的手下当屯骑校尉，眼见着桓玄一日不如一日，便诱骗桓玄入蜀避难。桓玄觉得有道理，就依照他的意思，往蜀中赶去。谁知道到了半路忽然被数艘丧船截住了去路。

船板上为首的人与毛修之打了个照面，厉声喝道："来船里有没有藏匿贼人？"

毛修之还没说话，桓玄却颤抖着说："我是当今的新天子，你是哪里的盗贼，敢到我面前喝问？"

那船上也不答话，忽然开始朝桓玄射箭，桓玄正惊恐不已，又有数人持刀跳上船来，见着人就砍，为首的人正是先前喝问的那一位。

桓玄非常害怕，急忙问道："你到底是谁？竟然敢来杀天子？"

对方应声说道："我等是专门来杀天子的贼臣。"说完，手起刀落，劈砍向桓玄，可怜桓玄还想当天子，此时此刻已经身首异处。这位劈砍了桓玄的人，正是益州督护冯迁。桓楚就此灭亡。

接着，毛修之就将桓玄的首级带回江陵，晋安帝听闻以后，封毛修之为骁骑将军，并下诏大赦天下，桓氏一族不在赦免范围。

桓玄的侄子桓振贼心不死，又召集数千人袭击江陵城，桓谦也躲在暗处聚众响应。刘毅急忙命令何无忌、刘道规二人前去讨伐桓氏余孽。

不久，桓氏的残余势力大都被消灭了，刘毅迎回晋安帝，晋安帝深感欣慰，便令刘毅主持一切事宜。随后，桓振又召集部众袭击江陵，结果中了埋伏，桓振及其部众被一网打尽，桓氏一族只有桓谦等人逃到后秦。

晋安帝被接回建康以后，论功行赏，刘裕、刘毅、何无忌、刘道规等人都得到了重赏。

得了重赏的刘裕此时却上表辞让，请求回到自己的封地。晋

2. 刘裕灭桓玄

安帝当然不肯同意,就让百官去劝刘裕,刘裕仍然坚持自己的主意。于是晋安帝授刘裕都督十六州诸军事,并批准他回丹徒镇守,刘裕这才心满意足地离开了。

  3. 南燕灭亡

晋安帝复位后,又追封讨伐逆贼的功绩,将刘裕、刘毅、何无忌封为郡公,这三人在朝中都有着极高的地位。

不久,司徒兼扬州刺史王谧病逝,按理说他的职位应当由刘裕继任,但是朝中刘毅等人对刘裕十分忌惮,更想找机会将刘裕排挤出朝廷,于是就向晋安帝提议让中领军谢混担任扬州刺史。

有大臣怕刘裕反对这个提议,就向晋安帝建议让刘裕管理扬州的军事,让孟昶管理扬州的内务。

晋安帝一时间也拿不定主意,于是派大臣皮沈前往丹徒去征求刘裕的意见,皮沈先去拜见了刘裕的手下刘穆之,并详细告知了他来意。

随后刘裕听从了刘穆之的建议,没有给出明确答复,只告知皮沈此事关系重大,需要入朝与群臣商议。

皮沈回京复命,朝廷惧怕刘裕入朝会生事端,立即任命刘裕为扬州刺史。接着刘裕让将军毛修之与益州刺史司马荣期会师一同讨伐谯(qiáo)纵。

这谯纵原是益州参军,居然擅自杀害刺史毛璩,还自称成都王,引得蜀中大乱。司马荣期受命讨伐谯纵,击败了谯纵的弟弟后向朝廷请求援助,刘裕就派毛修之前去援助。

3. 南燕灭亡

可没过多久，司马荣期就被自己的参军杨承祖杀害，毛修之得知后屯兵在白帝城。

晋廷又派刘敬宣和刘道规两路军队攻打谯纵。谯纵听说晋朝派大军来攻打他，也是心惊不已，连忙向后秦称臣，并请求后秦出兵相助，秦主姚兴即刻派兵援助谯纵。

刘敬宣与谯纵的军队相持了六十多天，粮草已经所剩无几，无奈之下只得退兵，刘敬宣和刘道规二人因为战败被降了官职。

想要灭了谯纵，还得老将出马，刘裕二话不说准备亲上战场。哪知突然传来南燕入侵的警报，刘裕也马上改变作战目标，打算先讨伐南燕，再平定西蜀。

南燕主慕容德是前燕主慕容皝（huàng）的小儿子，他将广固城作为都城，开始自称燕王，后来又称燕帝，史上称他建立的朝代为南燕。

慕容德在位八年，没有子嗣（sì），死后将帝位传给了兄长的儿子慕容超。

慕容超成为南燕皇帝以后，不仅大肆侵犯淮北之地，还强行抓走数千名晋国男女，完全没有把晋国放在眼里。

当然，刘裕也想抓住这个建功立业的好机会，于是立即请奏北伐，晋安帝同意了刘裕的请求。刘裕安排好一切事宜后就调集水军出发了，到了下邳（pī）后，刘裕又率领士兵步行进入琅琊，并且沿路筑城防守。

南燕这边的大臣公孙五楼早已想出了对付刘裕大军的最佳计策，他向慕容超提出应据守大岘（xiàn）山，跟敌人来一场持久战，断敌军的粮道，拖垮敌军。

谁知慕容超偏偏不听劝，还一根筋地放任敌军进入大岘山，静静等着敌人来战。

当刘裕的大军不费一兵一卒越过大岘山时,他知道这次大战已经成功了一半。

得知晋军进入大岘山,慕容超亲自率兵迎战。

两军第一次交战,就打得难分胜负。这时,参军胡藩向刘裕提议率领一支小分队偷袭临朐(qú)城,刘裕欣然同意了他的计策。

随后,胡藩趁临朐城守备空虚,一举将其攻克。慕容超得知临朐城失守,大吃一惊,随即骑马往回跑。燕兵眼见主子都跑了,军心涣散,刘裕大军一路将他们追杀至城下。

慕容超逃回广固,刘裕的人马已经兵临城下了,慕容超与公孙五楼赶紧在城内做好防御,刘裕发起了一番猛烈攻击,但是没有攻下,于是就在城外筑起长墙围困慕容超。

3. 南燕灭亡

另一边，慕容超偷偷派张纲去向后秦求援，只是秦主姚兴自己都还有一堆麻烦事儿，哪有精力管南燕，只是假装答应使者出兵。

张纲在返回途中被晋军抓获送入了刘裕的军营，刘裕不仅没有杀掉他，还为他松绑并奉上美酒压惊，张纲感激刘裕的恩情，遂向刘裕投降。

慕容超还在傻傻等着后秦派兵来营救他呢，哪知道刘裕直接让张纲对着慕容超大喊："后秦不会派兵来援救你们了！"慕容超听后慌了神，立马派人向刘裕求和，并愿意割让大岘山给晋国，向晋称臣。

刘裕没有接受慕容超的提议，慕容超走投无路，又派出韩范向后秦求援。

当然秦主姚兴这次也只是给了一个口头承诺，并未出兵，他派人警告刘裕说如果不退步，后秦将派兵十万攻打晋国。刘裕可不是被吓大的，他直接对使者说道："你回去告诉姚兴，他要是想自己来送死，可以快一点！"

后秦使者离开后，参军刘穆之对刘裕说道："您刚才的话可能会激怒敌人，要是广固城没有攻下来，后秦又派兵杀来，您将要怎么办呢？"

刘裕笑着说道："这是用兵的计谋，并不是你能明白的，要是后秦真想救南燕，必定是趁我不备来攻击我，怎么可能先派使者来告知他们的意图呢？这分明是虚张声势，用不着担心。"刘穆之听后恍然大悟。

接着，刘裕又命张纲制造攻城的战具，装备非常巧妙。城中的守将渐渐抵挡不住攻击了，处境可以说是相当危急。

南燕大臣韩范从后秦返回以后，见南燕形势危急就向刘裕投

降了,刘裕下令让韩范去城下招降守将,听了韩范的一番劝说,城中的将士也逐渐没了斗志,陆陆续续地溜出城投降。

慕容超又在城中坚守了两三个月,他派公孙五楼挖地道攻击晋军,不料晋军守备极其森严,根本无懈可击。刘裕知道城中的慕容超已经被逼得没办法了,不久后,向慕容超发起猛攻。南燕大臣知道抵抗不住晋军的攻击,主动打开城门迎接晋军。这时,慕容超率领亲信逃了,可惜刚跑了几里路就全被晋军抓了回来。

随后,慕容超被押到刘裕面前,刘裕斥责慕容超抗命不投降等罪状,慕容超还一副神情自若的样子,没说一句话。最后,慕容超被晋廷斩首,南燕灭亡。

南北 | 4. 卢循之乱

在刘裕讨伐南燕时，卢循又开始作乱了，这一次卢循的野心太大了，他居然和徐道覆分两路攻陷了长沙、南康、庐陵、豫章，战火直逼晋朝国都。朝中君臣全都人心惶惶，不知所措，只好急召刘裕回京援助。

当初刘裕灭了桓玄后就将晋安帝迎回建康，但因为朝廷刚刚安定无暇顾及南方，所以就任命卢循为广州刺史，徐道覆为始兴相，想借此来维持南方地区的安定。

谁知这徐道覆动起了歪心思，他劝说卢循趁刘裕出师讨伐南燕之际起兵造反，卢循本就不是什么善茬，听了徐道覆的计划之后，当即决定加入谋反阵营。

江荆都督何无忌率兵抵抗反贼，与徐道覆在豫章交战，不幸战败身亡。刘裕接到朝廷的急召后便马不停蹄地赶回建康，半路上他接到何无忌战死的噩耗，不由得惶恐起来，担心京都会失守。

这时候的刘裕可以说是归心似箭了，他奔驰到江边，只见狂风四起，波涛翻滚，众将士都面露难色，刘裕却对着众人慷慨地说道："老天要是助我，风就马上停息，否则就是一死，也没什么大不了的。"

说完，刘裕就带着众人登船，结果风竟然真的停了，刘裕一行

人顺利渡江达到京口。岸边的百姓见到刘裕大军的到来，全都举手欢呼，像是久旱逢甘雨一般，高兴极了。

第二天，刘裕就入都拜见了晋安帝，并向晋安帝陈述了自己抵御贼寇的计划，朝廷有了刘裕坐镇也不再惊慌，下令京师解严。这时，豫州都督刘毅自告奋勇请战南征。

刘裕正准备出师讨伐逆贼，正好收到了刘毅的请战奏书，便让刘毅的堂弟刘藩给刘毅捎去一封信，信上说道："贼寇现在连连得胜，势不可当，等我休整好了，我愿意与老弟会师，一起讨伐反贼。"

刘毅收到信，看都没看完就对着刘藩气冲冲地说道："之前起义讨伐逆贼，不过是因为刘裕首先发起的，我才推举他为元帅，难道还真以为我不如他吗？"说完就把信扔在地上，立即调集两万水军从姑孰出发讨伐卢循。

事实证明，刘毅真的不如刘裕，他的军队刚到桑落洲就被卢循和徐道覆的军队击败，最终刘毅带着数百人狼狈逃跑。

刘毅战败的消息传回京都，朝廷上下又惊又怕。刘裕也急忙招募士兵，修缮石头城以抵御反贼，京都的战士加起来还不到一万人，形势很不乐观。

卢循和徐道覆击毙何无忌，打败刘毅的大军，一连攻破江、豫二镇，风头正盛，他们现有十多万的战士，舟车绵延百里，楼船高达十二丈。

但不管贼军如何强大，他们仍旧害怕一个人，那个人就是刘裕。听说刘裕回来了，还是胆战心惊的。

警报一个接一个地传回京都，孟昶、诸葛长民等官员都提议避开敌军，保护晋安帝渡江避风头，只有刘裕坚决不同意。

孟昶等人一再请求撤军，刘裕恼怒地说："现在都什么时候了，哪还能轻举妄动呢？现在虽然士兵少，但还能打一仗，如果能取

4. 卢循之乱

胜,那是最好,如果战败了,我必当以身殉国,绝不苟且偷生。"

不久,卢循大军抵达淮口,京都内外戒严,琅琊王司马德文严守宫城,刘裕亲自驻守石头城,参军刘粹屯驻京口。

刘裕常常登高眺望远方,开始时并没有发现贼寇的踪迹,但没过多久就听见阵阵鼓声传来,远处有敌人的战船出没,刘裕的脸上露出了忧愁的神色,可随后却瞧见敌军的战船掉头停在了蔡洲,刘裕立马转忧为喜,高兴地说:"果然不出我所料,敌军再强大也无能为力了。"

原来,徐道覆计划和卢循一起由新亭进军,焚烧战船,誓死一搏。但是卢循始终摇摆不定,在江中徘徊,一会往东,一会往西。面对这样的队友徐道覆只能无奈叹息道:"卢公要误了我的大事啊!"说完向西驶去。

趁着卢循和徐道覆驻守蔡洲的空当,刘裕从容不迫地进行着军

事布防。卢循和徐道覆苦等一段时间之后见晋军始终没有一丝慌乱,有些后悔,接着就向刘裕发起几次进攻,但都无功而返。

卢循见毫无所得,就与徐道覆商量说:"我军将士已经疲惫不堪,不如先退到寻阳,合力攻取荆州,再寻找机会谋取建康。"

晋安帝见刘裕抵御反贼有功,又给他升了官。刘裕一面派军追击贼人,一面操练水军,广修战舰,准备与卢循等人大战一场。

战船修好之后,刘裕就派人率领一百多艘战船走海路直捣卢循的老巢。刘裕还叮嘱将领说:"到了十二月,我军必破敌军,你们先销毁贼巢,使他们无家可归,到时候自然手到擒来了。"

卢循回到寻阳后又与谯纵勾结在了一起,二人还相约一起夹攻荆州。谯纵还向秦主姚兴求援,秦主也派桓谦率兵前去援助谯纵,卢循得到各方人马的支持,声势浩大。

随后,荆州陷入危机,荆州刺史刘道规誓死守城,幸好,雍州刺史鲁宗之率军前来援助荆州,刘道规让鲁宗之守城,自己则带兵讨伐桓谦,最后成功将其击毙。

接着,徐道覆的军队遭到刘道规和刘遵的前后夹击,大败逃回溢口,江陵转危为安。

刘裕听闻贼人接连战败,亲自带兵向南讨伐贼党。随后,刘裕与卢循两军在雷池展开大战,卢循大败,收拢残兵向番禺撤退,徐道覆也退守始兴。

等卢循回到番禺才发现自己的老巢早已被晋军占领,他惊慌得不得了,急忙率兵与晋军抢夺番禺,最后被打败,逃到交州。

交州刺史率兵拦住了卢循的去路,卢循自知在劫难逃,索性投水自尽了,他的队友徐道覆也被晋军杀害。至此,南方的叛党全部被消灭。

5. 刘裕刘毅明争暗斗

卢循、徐道覆之乱平定以后，晋廷稍稍安稳了一段时日。

这时候，荆州刺史刘道规因病请求让别人接替自己的职位，晋廷就派刘毅接替了他，对于这样的安排，刘毅心里乐开了花。

话说刘毅自从豫州战败以后，脸上很是无光，他在刘裕面前也变得低调不少，但内心对刘裕无比猜忌。

刘毅担任荆州刺史后，就把豫州的文武旧吏都调来荆州，安置在自己麾下，这还没完，刘毅还要求督交广二州的军事，并让自己的亲信毛修之等人都担任要职，总之，刘毅的胃口是越来越大了。

这一切都被刘裕看在眼里，面对昔日的老战友，刘裕还是一一满足了他的要求。将军胡藩对刘裕说道："我见近日有不少文士归附于刘毅，我担心他不会甘心一直屈服于您啊！"

刘裕微笑着回答道："我和刘毅同心协力辅佐朝廷，我怎么能无缘无故加害他呢？"

刘毅的堂弟刘藩因为讨伐逆贼有功被刘裕提拔为兖州刺史，镇守广陵。后来，刘毅身患疾病，他又向朝廷请奏，将刘藩调来自己身边当副手。

就是从这时候开始，刘裕对刘毅起了防备之心，他假装批准了刘毅的请奏，并召刘藩入朝。刘藩还乐呵呵地入朝接受任命，哪知

刚到宫门外就被逮入大牢。

接着,刘裕又用皇帝的名义下诏,诬陷刘毅兄弟与谢混谋反,并将刘藩和谢混处死,随后刘裕又召集各军,准备讨伐刘毅。

刘裕的手下王镇恶率领一百多艘战船日夜兼程赶往江陵,他打着刘藩的旗号一路来到豫章口。荆州的人们还不知道刘藩已经死了,真以为是刘藩来了,没有一点防备。

接着,王镇恶舍船登岸,迅速来到江陵城下,刘毅这才发现情况不对劲,当即下令关闭城门,但还是晚了一步,王镇恶的军队已经闯入城内了,全城顿时陷入慌乱。

刘毅带着数百人杀出重围,逃到城外,夜间一行人到佛寺投宿,佛寺却不肯收留他,眼见自己落得如此狼狈的境地,刘毅羞愤不已,最终自缢身亡。

过了几天,刘裕的大军才到达江陵,对于刘毅的同党,他惩治得当,后又下令调整赋税,放宽刑罚,荆州人民大悦。刘裕留下司马休之镇守江陵之后就率领大军返回京师了。

之前刘裕西行时就安排豫州刺史诸葛长民处理内部事务,还命刘穆之辅佐他。诸葛长民听说刘毅被杀,私下对着亲属说道:"恐怕我们也将大祸临头了啊!"

诸葛长民的弟弟提议道:"我们应该趁着刘裕还没回来,赶紧起事!"诸葛长民一听有些心动了,他又写信给冀州刺史刘敬宣劝他一起造反,刘敬宣竟然把这些书信交给了刘裕。

刘裕随即开始设计除掉诸葛长民,他先放出消息,说自己将要回京都,诸葛长民收到消息天天都在城外等候,可并没有等到刘裕,这也让诸葛长民感到有些疑惑。

没想到,刘裕已经在半夜回到府中了,除了刘穆之以外没有人知道这件事。第二天天一亮,刘裕已经在府中办公了,诸葛长民又

5. 刘裕刘毅明争暗斗

惊又怕,急忙赶往刘裕府上拜见他。

诸葛长民这次来无异于自投罗网,刘裕灭掉诸葛氏以后,又命朱龄石等人率领两万军队讨伐西蜀。当时不少人觉得朱龄石没什么威望,难当大任,但刘裕却认为朱龄石文武双全,必定能成大事。

临走之前,刘裕交给朱龄石一封锦函,上面写着"到了白帝城再打开"。朱龄石谨遵刘裕的交代,到了白帝城才将锦函打开,上面写着这次战斗的进攻路线:主军从外水攻取成都,另一路军队从中水攻打广汉,老弱士兵乘高舰从内水前往黄虎,全军速战速决,违令者斩!

谯纵果然中计,他以为从内水进攻的是晋军主力,便派大量兵力驻守涪城。然而朱龄石早已率领主力部队来到了平模,而且没过多久就拿下了平模,另一路军队也从中水发起进攻,占据了广汉。

刘裕两路大军会师,径直向成都奔来,势如破竹,蜀军根本抵

挡不住，纷纷溃败。

谯纵接连收到战败的消息，吓得魂飞魄散，急忙弃城逃跑了。他的部下谯道福听说平模失守急忙率兵赶来救援，半路上正好与谯纵相遇，看见谯纵狼狈逃跑的样子，忍不住责骂谯纵："大丈夫怎么能轻易舍去好不容易建立起来的功业，人总有一死，有什么好畏惧的呢？"

说完，谯道福就拔出宝剑扔向谯纵，宝剑正中马鞍，谯纵急忙躲避，身边的士兵也全都逃散，见此情景，谯纵心灰意冷，最终自缢身亡，谯纵的同党也被晋军消灭，西蜀政权灭亡。

朱龄石迅速将捷报传回晋廷，朝廷对他进行了丰厚的赏赐。当然，刘裕在这次平蜀战役中也是功不可没的，晋安帝封他为太傅、扬州牧，刘裕都推辞了，晋安帝另封了刘裕的二儿子为桂阳县公。

当时，司马休之的儿子司马文思做了谯王，这司马文思性情暴虐，结党营私，刘裕看他很不顺眼。不久，司马文思打死了一位小官吏，晋廷下令诛杀了他的党羽却没有治他的罪，司马休之知道后，立即上奏谢罪。

可刘裕却不惯着司马文思，他直接将他押到江陵，让司马休之自行处理。司马休之哪舍得处死自己的儿子呢，只是向朝廷请奏废了司马文思，还给刘裕写了一封道歉信，但信中满是讥讽的意思。

刘裕很是不满，一怒之下赐死了司马休之的二儿子和侄子，随后亲自率大军讨伐司马休之。

司马休之也联合各路军队抵御刘裕，经过多番激战，司马休之战败投奔后秦去了。

刘裕凯旋，晋安帝再次封他为太傅、扬州牧，并特许他带剑上朝，朝见时不用跪拜，刘裕还是不肯接受任命，但是其他的封赏都接受了。

南北 | 6. 后秦灭亡

刘裕因为后秦屡次收容逃犯,决定北伐后秦,给他们一点颜色瞧瞧。后秦传到姚兴手里时,灭了前秦,降伏后凉,他在位的二十多年里,后秦的实力还是十分强劲的。

只是姚兴一死,他的几个儿子争权夺势,关中因此大乱,刘裕深知这时候是灭了后秦的最佳时机,于是他立马决定西征,晋安帝任命刘裕为征西将军。

刘裕出发后就将大军分为几路,依次向西挺进,大军浩浩荡荡地抵达了彭城。王镇恶和檀(tán)道济所领的军队进入后秦境内后,一路势如破竹,各路守军都望风归附,大军顺利攻克项城、许昌等地。

晋军大将王仲德率水军渡过黄河,经过滑台,滑台现在是北魏的地盘。哪知北魏的守城官吏看见晋朝大军过来,还以为他们是来攻城的,早早地就弃城逃走了。

王仲德进入滑台之后,随即就发布宣告说:"我军已经准备好了七万匹布帛向北魏借道,不料你们北魏的守城将军弃城逃跑了,老百姓们不必惊慌,我军待几天就会离开。"

北魏国主得知以后派人质问晋军为何侵占滑台,刘裕向魏主解释晋军只是向北魏借道伐秦,并不想挑起战事。魏主只好按兵不

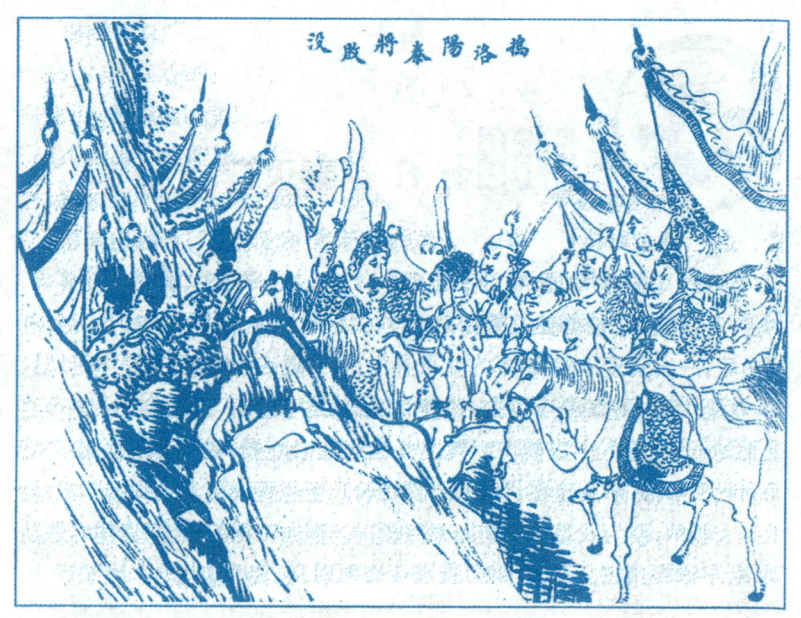

动,密切关注晋军的动向。

晋朝将军檀道济率兵长驱直入,一连攻下秦阳、荥阳两座城池,直抵成皋。镇守洛阳的后秦将军姚洸(guāng)见晋军逼近,急忙派人向关中求救。后秦主姚泓(hóng)令大将率领一万多名士兵去支援洛阳。

然而,援兵还没赶到,成皋已经向晋军投降了。接着,后秦的赵玄与晋军战于柏谷坞,兵败战死,晋军直捣洛阳,不久洛阳也失守了。

此时,后秦的大将正率兵赶赴洛阳,他们得知洛阳失守,也不敢向前进了。面对来势汹汹的晋军,秦主姚泓已经急得焦头烂额了,可是姚氏的亲族们却在这危急时刻倒戈相向,自相残杀,秦主姚泓只能先解决内忧。

与此同时,刘裕令儿子刘义隆据守彭城,自己则率水师西进。

6. 后秦灭亡

檀道济也与王镇恶会师合攻潼关,后秦姚绍出关迎战,檀道济等人奋起抵御,杀得姚绍退守定城。

秦军节节败退,急得秦主姚泓不知所措,无奈之下只好派人向北魏求救,并让嫁给北魏主的妹妹西平公主替自己说情。

北魏主拓跋嗣正想发兵,不巧刘裕这边传来借道请求,北魏主左右为难,立即召集群臣商议此事。群臣一致认为后秦与北魏有联姻,理应相救,而且刘裕今日攻秦,说不定明日就来攻北魏了。

北魏朝中只有崔浩持反对意见,他认为与刘裕为敌必然遭到晋军的反攻,那就是代秦受敌了。不如放刘裕大军过去,刘裕得胜了,会感激北魏,刘裕战败了,北魏也能落得救秦的美名。

朝中大臣大部分都坚持抵御刘裕的军队,于是拓跋嗣就派军队屯驻在河北岸,密切监视着刘裕大军的一举一动。如果晋军的船只被风吹到北岸,北魏的士兵就直接将船上的晋兵杀光。

刘裕对此十分气愤,他派兵去追击魏兵,魏兵马上就跑,等晋兵退去,魏兵又回来,如此反复,终于惹恼了刘裕。他直接派了一个七百多人的勇士团将魏军狠狠教训了一顿。

魏主拓跋嗣知道后,才后悔没有听从崔浩的建议,只是现在已经晚了。

这时,王镇恶等人还驻扎在潼关,因为粮草殆尽想要撤退。建武将军沈林子说道:"如今洛阳已经平定,将军怎能前功尽弃!况且您率领的是前锋,前锋一退,后军必定大乱,还怎么可能取得成功呢!"

随后,王镇恶亲自招抚百姓,让他们输送粮食,晋军得到粮食补给后军心才稳定下来。

不久,沈林子又击败河北的秦军,斩杀了数名后秦将军。他还向刘裕报告说:"后秦的大将姚绍命不久矣,只要他一死,关中就

无人可抵御我晋军了,到时候攻取长安就易如反掌了!"

果然没过几天,姚绍就忧愤成疾,吐血身亡。临死前,姚绍把军事交给姚赞,姚赞领兵袭击沈林子,却被打退。

沈田子率领的晋军也攻入武关,秦主姚泓亲自率领数万士兵前去攻打沈田子。沈田子见秦主亲自领兵来战,不仅丝毫不退缩,还激励众将士背水一战。

秦主姚泓从未见过如此劲敌,突然看见这般勇猛的晋军,吓得魂飞魄散,驾着马就逃走了。主子一走,将士们也都四散奔逃,沈田子带人一阵追杀,总共斩杀一万多人。

刘裕到了潼关,正考虑到沈田子兵力少,准备派兵去支援他。可如今秦主已经战败逃走,关中郡县也望风投降,捷报陆续传来,刘裕十分高兴。

王镇恶也向刘裕请求愿意率军从黄河入渭水,直捣长安,刘裕同意了他的请求。王镇恶率大军逆流直上,军队所乘的都是蒙冲小舰,划桨的士兵全部都在船内。

秦军见晋军的战舰前进却没有见到一个水手,还以为晋军有天神相助。王镇恶的军队顺利抵达渭桥,他命令战士吃饱饭拿好武器上岸,落后者斩,众将士丝毫不敢怠慢,火速登岸。

王镇恶身先士卒,冲在最前面,将士们也争着向前冲去,后秦姚丕的军队大败,向西逃散。

那冒冒失失的秦主姚泓这才领兵赶来救援,正巧碰上败退的姚丕,两军自相践踏,不战而溃。王镇恶带兵追杀过去,一阵砍杀,像割草似的。

后秦的多位将军壮烈牺牲,秦主姚泓逃回了京都。王镇恶又追到了平朔门,姚泓带着妻儿逃到石桥,姚赞带人去救姚泓,部众也都溃散离去。

注：图中“破长城姚氏灭亡”应为“破长安姚氏灭亡”。

孤立无援的姚泓被晋军围住，无奈之下向晋投降，王镇恶将投降的官员们一起收押等待刘裕处置。

几天以后，刘裕带着军队抵达长安，王镇恶急忙前去迎接。刘裕慰劳他说："我要是能成就霸业，你就是首功！"

王镇恶拜谢说："这都是您的功劳和将士的齐心努力，我何功之有啊！"

而秦主姚泓被押入都城以后就被斩首了，年仅三十岁，姚氏子弟百余人也都被处死，后秦灭亡。

 南北 **7. 刘裕称帝**

司马休之、鲁宗之等人之前是投奔后秦的，后秦被晋灭了以后，这伙人又趁乱逃到了北魏，司马休之还在北魏做了官。刘裕在后秦寻了他们几天也没有找到人，就不再管他们了。

晋廷又封刘裕为相国，总揽内外大权，并赐给他十个州郡，封他为宋公，刘裕假意推辞不肯接受。晋安帝又封他为王，加赐十个州郡，刘裕还是不肯接受，他还打算进军西北。

突然，京中传来急报说前将军刘穆之得病身亡了，刘裕听后悲痛万分，流下了眼泪。

刘穆之就是刘裕的左右手，刘裕西征以后，刘穆之把刘裕交代的事处理得十分妥当，而且他对刘裕也是忠心一片。刘穆之一死，刘裕失去了一位贤才，他害怕国内没有人依靠，于是决心东归。

刘裕留下自己十三岁的儿子刘义真镇守关中，并派了好几位心腹大臣辅佐刘义真，安排好一切，准备率军东还。

后秦的百姓听说刘裕要东归，都跑到军门前哭着挽留他。刘裕安慰他们说："我受命于朝廷，不能留在这里，如今我留下儿子和文武贤才在此镇守，你们就在这里安心生活吧！"

当时后秦的西北方有一座统万城，这里是夏主赫连勃勃的根

7. 刘裕称帝

据地。赫连勃勃原本姓刘,父亲叫卫辰,后来刘卫辰被北魏杀害,刘勃勃逃到后秦受到重用,被封为安北将军。

秦魏通好以后,刘勃勃背叛后秦自立为夏王,还将姓氏改为赫连氏,此后,多次侵犯后秦的边疆。

赫连勃勃听说刘裕攻打后秦时就对着群臣说道:"刘裕这次前来必然会夺取关中,但是不会久留,若他只留下儿子和官吏驻守,那么我们夺取关中就不是难事了。"

刘裕一走,赫连勃勃就开始行动了。他派儿子率两万士兵向长安进军,另派两路军队出兵潼关和青泥,自己则率大军做后援。

赫连勃勃的大军还没有打来,关中就已经发生了内乱,先是沈田子杀害了王镇恶,之后王修又杀了沈田子。年纪轻轻的刘义真听信谗言,让亲信除掉了王修,王修一死,关中人心惶惶。

夏兵也趁乱杀入长安,刘义真这时才开始悔恨,急忙派人回国求援。刘裕收到消息忙派兵去救援,并命朱龄石镇守关中。

最后,朱龄石和他的弟弟全都被赫连勃勃杀害,赫连勃勃也顺利攻入长安,占据关中。刘义真死里逃生回到彭城,被贬了官。

不久,刘裕听闻赫连勃勃称帝了,他的内心也蠢蠢欲动,想做一个江南天子。于是刘裕不再谦让,相国、宋公、九锡之礼全都接受了,他的家属及属下官员也都得到了朝廷的分封。

接下来,刘裕就开始着手篡位的大事了,他买通内侍,让其伺机对晋安帝下毒。奈何晋安帝的弟弟琅琊王司马德文时刻提防着刘裕,那内侍根本找不到机会下手,这才让晋安帝多活了几天。

不料,司马德文突然生病,回自己府上休养去了。随即,晋安帝被人活活勒死。接着,宫中传出晋安帝暴毙的消息,并立下遗诏称让司马德文继位。司马德文毫无办法,只能登上帝位,史家称他为晋恭帝。

此时的刘裕老老实实地享受着至高无上的权力，等待机会夺取帝位。

安稳地过了一年之后，刘裕已经六十五岁了，他想着自己余下的日子不多了，急着篡位，但一时不好开口，只好宴请群臣，向他们暗示自己的心意。

酒喝到一半，刘裕起身慢慢说道："我平定四海，功业显著，才敢接受这九锡之礼，只是如今已经年老，这样的殊荣让我觉得不安啊。现在我想辞官回家养老，大家觉得怎么样？"

大臣们听了刘裕的话都有些摸不着头脑，只是一个劲地夸赞刘裕的功绩，刘裕听了大家的话没有丝毫喜悦，反而露出一种惆怅的情绪，群臣始终不明白他的意思。

直到宴会结束，中书令傅亮才悟出刘裕的心意，他再次请见刘裕以后就匆匆赶回京都了。

过了几天，京中传来圣旨召刘裕回朝。原来，傅亮已经召集群臣逼迫晋恭帝禅位了，晋恭帝也很识相地写下了令刘裕受禅的诏书。

刘裕得了禅位书，还装作一副谦恭的样子，此时晋恭帝已经被逼出宫了，百官送旧主迎新君，都是扬扬得意的姿态。随后，刘裕登上太极殿，接受百官朝贺，大赦天下，还册封晋恭帝为零陵王。

刘裕称帝以后，将长子刘义符立为皇太子，其余的儿子都封王，那些追随刘裕建功立业的人也得到了封赏。

后来，西凉被灭，刘裕知道后，也无暇讨伐北凉。他考虑到自己已经年老，儿子们年纪都很小，决定先巩固好国内的政权。

晋朝虽然已经灭亡，但还有一个零陵王让刘裕放心不下，他害怕旧朝余孽死灰复燃，必定会祸害子孙大业，于是决定斩草

7. 刘裕称帝

除根。

刘裕派人给零陵王送去毒酒,零陵王不肯自杀,最后被士兵用被子捂死。刘裕得知以后,心里的石头才算落下。

宋主刘裕除掉晋恭帝以后,自认为没有什么后患了,于是重用徐羡之、傅亮、谢晦(huì)三人,决定好好治理国家。只可惜岁月不饶人,刘裕的身体一天不如一天,疾病也越来越多。幸好服药调养后,逐渐痊愈。

太子刘义符向来游戏无度,喜爱玩耍嬉戏,就是刘裕生病时也毫无收敛。大臣谢晦对此十分忧心,他对刘裕说:"陛下年事已高,应该将这万世基业交给可以依赖的人。"

刘裕知道谢晦这么说必定是有原因的,于是就让他去考察庐陵王刘义真。随后,谢晦回来报告宋主,庐陵王缺少君王的气度,于是宋主就把刘义真调到外地镇守去了。

不久，刘裕又生了一场大病，而且病情一天比一天严重。有时候睡着了，还会梦见无数冤魂前来索命，刘裕常常被惊醒，汗流浃背。

深知自己随时会死去的刘裕把太子召到面前嘱托道："檀道济有武略却没有大志向，徐羡之和傅亮跟随我很久了，他们都是可以信赖的人，谢晦可能会发动叛变，你继位后将他调往外地，这样就能免除祸患了。"

弥留之际，刘裕又召来徐羡之、傅亮、谢晦等人，让他们辅佐国君，说完就去世了，刘裕只在位两年，活了六十七岁。

 南北 | **8. 北魏袭来**

刘义符称帝时才十七岁,童心未泯,只知道嬉戏玩乐,朝中大臣上疏规劝,刘义符丝毫不听。就连徐羡之、傅亮、谢晦三人的教诲,他也不当回事,大臣们都料到他成不了大事。

偏偏这时候,北方强寇想趁机攻打刘宋之地。

魏太祖拓跋珪(guī)是鲜卑族人,他们世代居住在北荒,晋朝初期开始向晋廷朝贡。晋廷封拓跋氏为王。拓跋氏逐渐壮大起来。后来,拓跋什翼犍(jiān)被秦主苻坚打败,部落分散。

拓跋什翼犍的孙子拓跋珪在乱世中迅速成长,获得众部落推举为主,拓跋珪即位后改国号为魏,史家称为后魏,也称北魏。

后来,北魏发生内乱,拓跋绍杀掉了自己的父亲拓跋珪。拓跋嗣是拓跋珪的长子,被封为齐王,他得知宫变后除掉了拓跋绍等人。

拓跋嗣平定内乱后登上帝位。他任用贤才,勤勉治国,国家慢慢强盛起来。

北魏自从与刘裕军在河北一战,失利而还,滑台也始终没有收复,魏国难免对此怀恨在心。而且,刘裕称帝后,气焰正盛,魏国不得不与刘宋修好,互通使臣。

宋主刘裕病死的消息刚刚传到北魏,拓跋嗣就想趁机报复宋

国,他直接派人把刘宋的使臣抓回来,并且即日调兵遣将,进攻滑台、洛阳和虎牢。

崔浩认为拓跋嗣这样做很不道义,魏主拓跋嗣反驳道:"刘裕不也是趁着姚兴一死就把姚氏灭了吗,如今我趁着刘裕去世讨伐刘宋又有何不可呢?"

崔浩说:"姚兴一死,他的儿子争权夺位,刘裕才有机会讨伐他们,现在江南并无争端,两者并不能混为一谈啊。"魏主仍然不听劝,执意发兵。

晋宗室司马楚之召集了一万多士兵想要为国报仇,但一直苦于找不到机会,一听说魏国要攻打刘宋,立马向北魏投降,并愿意做魏军的先锋。魏主接纳了司马楚之,让他侵略刘宋北境,并令奚(xī)斤等人攻滑台。

屯驻虎牢的宋国大将毛德祖立马派人去支援滑台,魏军围攻滑台,无法攻下,便派人回平城求援。

魏主拓跋嗣见滑台久攻不下,气愤不已,便亲自率领五万大军,越过恒岭,支援奚斤,还下令太子拓跋焘(tāo)屯兵塞上。

奚斤受到魏主的一顿斥责,压力很大,于是与众将士齐心攻城,终于攻下滑台。奚斤乘胜奔袭虎牢,直抵虎牢城东。

毛德祖边守边战,多次击退魏军,但毕竟魏军人多势众,始终不肯退去。

拓跋嗣明白虎牢一时半会是攻不下来的,于是派出北魏猛将于栗䃽(dī)进攻金墉。接着,魏军又攻下泰山、高平、金乡等地。

宋廷派檀道济、王仲德出师东援。庐陵王刘义真也带领三千多士兵随时准备救援。

好不容易过了残冬,刘义符还在南郊祭祀天地,颁诏大赦天下。京都表面上一幅国泰民安的景象,哪知河南的军报一天比一天

8. 北魏袭来

紧急。

不久，于栗磾攻克金墉城，河、洛失守。虎牢的战事越来越紧张了，北魏几名大将合力攻打，魏主又派兵前来助攻。

毛德祖竭尽全力抵御，日夜都不敢松懈。他在城墙脚挖地道，召集四百名敢死队沿地道冲出，偷袭魏军，一时击毙数百名魏军，然后潜回城内。如此一战，宋军士气大增。

魏军也有些害怕，退散了几日，但随后又对虎牢展开围攻。眼看形势越来越紧张，毛德祖想出一条反间计，成功除掉了魏国大将公孙表。

毛德祖首先给公孙表送去书信，信中表明了交好的意思。公孙表收到信，十分坦荡地将它交给了奚斤，奚斤却对公孙表起了疑心。

后来，毛德祖又给公孙表写了一封信，但是故意将信扔在奚斤的军营门口，奚斤看完信，对公孙表更加疑心了，他直接把这事报告给了拓跋嗣。

魏国大臣王亮本来和公孙表有矛盾，他趁机在魏主面前煽风点火，诬陷公孙表有二心，魏主就找人将公孙表杀害了。

公孙表足智多谋，现在被除掉了，虎牢城外又少了一个有力的对手，毛德祖自然是很高兴的，他调兵遣将，与拓跋嗣一攻一守，两军相持了好几个月。

魏主拓跋嗣又亲自到东郡督战，命叔孙建攻打东阳城，魏军攻了好一阵也没有攻下来，而且士兵死伤不少。叔孙建听说檀道济引兵来救援，吓得急忙撤兵离开了。

因为东征没有取得进展，拓跋嗣非常生气，索性向西进入河内，命令大军全力攻打虎牢，而且这次，魏主亲自督军攻城，魏军全都杀气腾腾。

虎牢城已经被围攻两百多天了,两军没有一天不交战的,宋军的将士几乎伤亡殆尽,哪里还抵抗得住魏军的联合进攻呢?毛德祖拼死抵抗,又坚守了十来天。

而且虎牢城的三道城墙已经被毁了两道,还剩一道没被摧毁。守城的将士眼睛都生了疮,面色如柴,仍然日夜坚守岗位,他们誓与毛德祖一起抵御魏军。

虎牢城已经岌岌可危了,檀道济等人却害怕魏军不敢来救援,实在是窝囊。

这时,魏军又使阴招了,他们挖了很多地道,放走城内的井水,城内缺水,将士们又累、又饿、又渴,很快就支撑不住了,只能束手就擒。

魏军陆续登城,宋军守将想要掩护毛德祖逃走,毛德祖却大声呼喊道:"我誓与此城共存亡!"说完,继续带着士兵战斗。

8. 北魏袭来

魏主拓跋嗣仰慕毛德祖的英明，下令军中一定要生擒毛德祖，最后魏军将毛德祖擒住献给了拓跋嗣，城中的将士也都被抓，成了俘虏。魏主劝毛德祖投降，毛德祖宁死不屈，不久因伤势过重去世了。

宋廷这边接到战败的消息，朝廷上下都惶恐不安，徐羡之、傅亮、谢晦三位大臣也都上表请罪，宋主刘义符仍只顾自己快活，朝廷大事能不管就不管。

不久，魏国大将又攻陷许昌、汝阳，宋军只能严加防范，一刻不敢耽误。这时候传来一个令宋军振奋的消息，那就是魏主拓跋嗣病死在平城。

拓跋嗣的死稍稍稳定了两国的局势，因为太子拓跋焘继位以后采纳了崔浩休养生息的政策，暂时不打仗了。

宋军早已被战争折磨得不成样子，听说停战都高兴得不得了。

# 9. 刘义隆隐忍杀权臣

宋、魏停战以后，宋主刘义符仍然和之前一样，只顾游戏玩乐，不管朝中大事。

庐陵王刘义真看着不成气候的刘义符，逐渐动了篡位之心。他与大臣谢灵运、颜延之和慧琳道等人来往很密切，而且还曾经放话说："如果得志，就封灵运、延之为宰相。"

这话传到了徐羡之耳朵里，他为了防范刘义真，就把谢灵运和颜延之调到外地去了。刘义真知道以后觉得朝廷和自己作对，十分气愤。

再加上刘义真经常向朝廷索要财物，被徐羡之等人限制，他更加心生怨恨，于是上表请求回都，奏书中的言语很是不逊，俨然有着清君侧的意思。

徐羡之等人本来就因为刘义符靠不住想废掉他，现在看到刘义真的表文，更是被激起了满腔怒火，干脆一不做二不休，先除掉刘义真，再废掉刘义符，于是徐羡之、傅亮、谢晦三位宰相联合上奏皇帝，说刘义真作恶多端，请求废黜他。

刘义符本来就和刘义真不和，而且朝中大事都听三位宰相的安排，他想也没想就下诏将刘义真贬为平民，随后刘义真被人勒死。

9. 刘义隆隐忍杀权臣

接着,朝廷把南兖州刺史檀道济和江州刺史王弘召回,这俩人也不知道为何被召回,只得日夜兼程地赶回来。接着,徐羡之等人就把废立宋主的计划告诉了他们,两人都赞成。

这时已经是六月,天气很热,宋主刘义符傍晚乘坐龙舟游玩,后来觉得疲倦了就在龙舟中睡了一夜。

第二天天一亮,檀道济就在谢晦等人的引领下,带兵杀到刘义符面前,刘义符毫无抵抗之力,后来徐羡之等人收了他的玉玺和绶带,又假称是皇太后的命令废刘义符为营阳王,宣布刘义隆继承皇位。

政令宣布完毕,百官拜辞刘义符,接着又让他迁往吴郡。可在半路上,刘义符就被徐羡之派人杀害了。

随后,傅亮赶往江陵迎刘义隆回京继位。刘义隆身边的亲信和将领得知庐陵王和营阳王被害都劝他不要东行。后来司马王华

给刘义隆分析了一番目前的局势,刘义隆听后觉得很有道理就动身去往江陵了。

刘义隆立即召见了傅亮,问起刘义真和刘义符俩人的事忍不住痛哭起来,看起来非常伤心的模样。傅亮则汗流浃背,结结巴巴地不知如何回答。

在去往京师的路上,刘义隆让自己的手下贴身保护,一刻都不能离开,就是晚上睡觉也不脱衣服,防备得很严密。

刘义隆一行人到达京师以后,群臣到新亭迎接这位新帝。

徐羡之私下问傅亮:"当今的皇帝可以与谁相比呢?"傅亮回答说:"在晋文帝、晋景帝之上吧!"徐羡之接着说道:"这般英明的皇帝,定能明白我们的一片忠心了。"傅亮慢慢地说道:"那可不一定了啊!"

刘义隆回京路上顺道去拜谒了宋武帝的陵墓,接着就回京继承了皇位,大赦天下,改年号为元嘉元年,朝廷文武百官都加官晋爵,普天之下一片欢喜。

徐羡之还给自己留了一条后路,他害怕刘义隆入都以后把荆州重地交给他人管理,所以提前让谢晦去接任,万一发生变故,好让他做外援。

后来刘义隆回来了,谢晦也同百官一起入朝庆贺,如今他得了诏书前去赴任,当然是高兴不过了。

临走的时候,谢晦偷偷地问蔡廓:"你看我能不能躲过这次灾祸呢?"蔡廓直言谢晦可能躲不过,让他小心行事,谢晦听完快马加鞭地离开了京城。

宋主刘义隆在谢晦去镇守荆州以后,也在慢慢地部署自己在朝中的势力。虽然他才十八岁,却气宇不凡,足智多谋,和他的哥哥们性子完全不同。

9. 刘义隆隐忍杀权臣

同时,刘义隆心中也记恨着徐羡之、傅亮、谢晦三人,但表面上却不露声色,遇到军国大事也向他们虚心请教,徐羡之和傅亮都被新皇笼络了,俩人还大赞皇帝宽容大度,完全没有起疑心。

到了元嘉二年(425年),徐羡之和傅亮请奏把政权交还给宋主刘义隆,刘义隆推托几次才接受。从此以后,刘义隆开始亲自管理朝政,另外,他也在暗暗谋划除掉徐羡之、傅亮和谢晦三人。

不久,谢晦的两个女儿准备出嫁,他让妻子和长子谢世休送女儿入京成婚。宋主刘义隆趁机把谢世休留在京城任职,其实是想软禁谢世休。

同时,刘义隆借着讨伐北魏的幌子把南兖州刺史檀道济召入宫中,声称要让他主持军事。原来,刘义隆早知道杀害营阳王的主谋不是檀道济,于是笼络檀道济、王弘等人一起对付徐羡之、傅亮、谢晦。

转眼到了元嘉三年(426年),宋主与司马王华的密谋已经稍稍有些泄露。谢晦的弟弟赶紧派人把这事告诉谢晦,谢晦压根不相信。

后来有人给谢晦送来一封密函,说朝廷近期将有很大的处分要下达,谢晦这才觉得不安起来。他与亲信商议一番后决定筹集粮草兵器,准备作战。

可刚过一两天,就有人前来报告说:"不好了,徐羡之和傅亮已经身死家灭了!"

谢晦惊讶得跳起来说道:"真有这样的事吗?"他的话还没说完,又有人来通报说:"不好了!不好了!您的弟弟和儿子谢世休也惨死在京都了!"谢晦说了句"哎哟"就昏倒在座位上了,后来抢救过来,痛哭了许久。

原来,宋主刘义隆已经对徐羡之和傅亮采取行动了,他召两

反江陵
鸷鹗闲
内变

人进宫，准备将其一举拿下。哪知宋主的计划被徐羡之和傅亮知道了，徐羡之在逃亡路上自刎而死，傅亮被抓后也被诛杀。

后来，谢晦收到朝廷讨伐他的诏书，他看完后，气愤极了，立即调集三万精兵，准备东下。

檀道济为了立功，请命讨伐谢晦。宋主刘义隆大喜，随即命檀道济为统帅，率六军讨伐谢晦。

谢晦压根想不到檀道济会领军来攻打自己，两军交战，谢晦全军溃败，无奈狼狈逃走。后来，谢晦和亲信、兄弟都被抓住，送到集市斩首了。

除掉徐羡之、傅亮、谢晦以后，宋主刘义隆开始论功行赏，檀道济、谢灵运、司马王华等人都得到封赏，刘义隆也开始专心治理国家了。

10. 北魏崛起

魏主拓跋焘继位以后,休养生息了几年,国内一片太平,百姓也都安居乐业。

正在这时,突然传来柔然入侵的消息,而且云中已经被攻陷了。魏主拓跋焘当然不能放任这柔然小国肆意妄为了,他立马率军前去支援。

柔然的先祖曾是魏主的远祖拓跋猗(yī)卢手下的一名骑兵,因为犯了罪逃到沙漠。后来,有了儿子车鹿会。车鹿会十分勇敢健壮,他不断兼并其他部落,慢慢建立了柔然部落。

柔然传了六代传到社仑这一代。社仑骁勇善战,谋略过人,但后来败在了拓跋珪手里,于是社仑又逃回沙漠去了,他占据高车,灭了匈奴的其他种族,气焰一天比一天盛,开始自称丘豆伐可汗。

为了报曾经的战败之仇,社仑常常率军向南侵略北魏。社仑死后,他的堂弟大檀平息了国内的叛乱。大檀继承兄长遗志将打败北魏作为毕生目标,他听说北魏新皇登基,就瞅准时机带领大军杀入了云中。

魏主拓跋焘日夜兼程带着救兵赶到盛乐,盛乐是北魏的旧都,现在已经被大檀夺去了。

看见魏兵来了,大檀又带着大量骑兵将魏主层层围住,足足围了五十多圈,魏兵见状害怕极了,只有拓跋焘神色自若,他一箭就射倒了柔然的大将,柔然兵阵脚大乱。

魏主拓跋焘的神勇给了魏兵很大的鼓舞,在拓跋焘的指挥下,魏兵全都英勇杀敌,最后将大檀击退。接着魏主拓跋焘收复了盛乐,又派兵追击大檀的部队,大檀损失惨重被逐出漠北。

第二年,夏国国主赫连勃勃病死了,次子赫连昌继承皇位。北魏其实是看不起赫连勃勃的,但赫连勃勃凶狠狡诈、善于用兵,北魏对他还是有些忌惮。

现在听说赫连勃勃去世了,魏主拓跋焘认为攻打夏国的机会来了,他与群臣商讨后决定西征。

拓跋焘派一路大军偷袭蒲阪,一路大军偷袭陕城,自己则率领大军作为后援。魏军到了君子津,刚好遇到气温骤降,河水结了厚厚的冰,魏主拓跋焘立即带着两万大军渡河,袭击夏都统万城。

夏主赫连昌此时正在宴请群臣,突然听说魏军来袭,惊慌得不得了,慌慌忙忙地召集了将士出城抵御魏军。

这样匆忙迎战,怎么可能敌得过魏国的百万雄师呢?果然,两军一交锋,夏军就溃败了,夏主赫连昌也急匆匆地逃走了。随后,魏主拓跋焘派兵四处掠夺,俘获一万多人,缴获牛马十多万头。

不久,夏主赫连昌亲自指挥士兵抵御魏军,这次他们的防守十分严密。魏主拓跋焘对着将士说道:"现在统万城难以攻破,等我们来年一起攻破此城。"

过了一段时间,魏主拓跋焘果然又开始谋划攻打夏国了。正巧夏主派他的弟弟赫连定来攻打长安,赫连定与魏军相持数月也

10. 北魏崛起

没有分出胜负。

拓跋焘还是用老办法，派军偷袭统万城，他先派大部队陆续出发，自己则领着骑兵跟在后面。到了拔邻山的时候，拓跋焘带着三万骑兵轻装上阵，分派部分人马埋伏在深谷，领着数千人直奔统万城。

夏主赫连昌听闻魏军只有数千人攻城，急忙率军迎敌。魏主拓跋焘则边战边逃，引诱敌军进入埋伏圈。

奈何天公不作美，魏军遭遇狂风暴雨，士兵只能逆风而行，有人提议赶快躲避敌军的追击。崔浩却鼓舞士兵人定胜天，事在人为，魏主拓跋焘听后连声称好，再次引诱夏兵进入了埋伏圈。

魏主拓跋焘单枪匹马冲入敌军阵营，杀死夏兵十多人，身上中了好几箭，仍然奋力杀敌，魏军见状全都一起冲上去，夏军大败。

夏主赫连昌想逃回城中,却被魏军一路追击,后来逃往了上邽。随后,魏主拓跋焘轻而易举地攻下统万城。城中文武百官和后妃宫女加起来数万人,都被魏军俘虏了。此外,拓跋焘还缴获大量的牛、羊、马匹和金银财宝等物品。

拓跋焘在巡视夏都的时候,看见宫墙建筑得如此豪华气派,忍不住感慨道:"这样的小国,竟然如此劳民伤财,不灭亡才怪呢!"

魏国的大将奚斤请奏魏主加派兵力,一举灭了夏国,拓跋焘立即派兵支援。夏主赫连昌亲自率领大军迎战奚斤,最后兵败,被魏兵活捉了。

赫连昌被押回平城,魏主拓跋焘对他以礼相待,还把自己的妹妹许配给赫连昌。朝中大臣担忧赫连昌有异心,一再向魏主进谏,魏主拓跋焘却说:"他天命如此,有什么好顾虑的呢!"

这时,柔然又跑来侵犯魏国边境,魏主拓跋焘派兵赶往支援。柔然的首领大檀抵御不住魏兵的攻击,兵败逃走了,自己也因此一蹶不振,最后抑郁而死。

后来大檀的儿子继位,他自知国力衰微,不能与魏国对抗了,于是派人向魏主求和。魏主当然暗自欢喜,便封柔然为北藩,至此,北方就算被征服了。

宋主刘义隆继位后与北魏井水不犯河水,关系还算和谐。后来,宋主派使者向魏主传话,说:"河南是我大宋旧土,现在被你们占据了,我国想收回来。"

魏主拓跋焘听了顿时火冒三丈,呵斥道:"我从出生就知道河南是我国的地盘,你们现在想夺取就来吧,看看能不能从我手里夺去。"说完就让宋国使者回去传话。

面对宋国的挑衅,群臣都建议先发制人,只有崔浩认为此时

10. 北魏崛起

的天气不利于行军打仗，建议魏主等到秋高气爽时再出兵。魏主向来很信任崔浩，便按兵不动，等时机成熟再出兵。

宋国的大军来到确磝①，魏军已经撤走，再到滑台、洛阳、虎牢，全都城门大开，没有一个魏兵，宋国大将高兴极了。

老将王仲德却面带愁容，他对众将士说道："魏军非常狡诈，如今他们退兵，肯定会等到天寒地冻的时候来攻击，千万不可大意啊！"众人都觉得他的话不可信，还说他多心。

果然，天气变冷，魏主便率领大军攻打宋军。宋军根本抵挡不住魏军的攻击，金墉城、洛阳等地相继被魏军攻陷。

宋军一边退兵，一边向朝廷请求支援，宋主刘义隆派檀道济领兵讨伐北魏。宋军主将听说北魏的大军追过来了，宋国的救兵却还没到，于是慌忙烧毁战船，一溜烟跑回了彭城。

各路军队战败的消息陆续传到宋主的耳朵里，刘义隆大怒，随后，又督促檀道济火速带兵救援滑台。

---

① 应为"碻磝"。

# 11. 魏主拓跋焘大杀四方

　　檀道济带领的救援军队与魏军先后交战三十多次，大半打了胜仗。后来，魏军烧毁了檀道济大军的粮草，士兵们没有吃的，行军变得十分缓慢。

　　魏军趁机攻下滑台，活捉了宋国的大将朱修之。檀道济见状，无奈领兵撤退了。

　　宋魏的这次交战，魏主拓跋焘取胜，河南也被北魏攻克，魏主高高兴兴地班师回朝了。

　　话说，夏主赫连定一直在等待机会攻打北魏，他还派使者去宋国，与宋国约定一起攻打北魏，瓜分北魏的土地。魏主拓跋焘听到这个消息，气得直跺脚，立马带兵进攻平凉。

　　赫连定知道以后赶紧带兵回去救援，两军对战，赫连定接连吃败仗，后来逃到上邽去了。

　　为了重整旗鼓，赫连定打算夺取北凉的领土作为根据地。哪知道在入侵途中被吐谷浑王擒住了，吐谷浑王将赫连定送到了北魏，魏主拓跋焘下令诛杀了赫连定。

　　不久，赫连昌也背叛北魏逃走了，后在逃跑途中被击毙，赫连昌的子孙也一同被杀害，赫连勃勃的后代被杀得一个不剩，夏国就此灭亡。

11. 魏主拓跋焘大杀四方

魏主拓跋焘夺回河南以后，潜心治国，国内百姓生活一片安宁祥和。崔浩又派人向宋国请求和亲，宋主也勉强答应了，两国重归于好。

宋主刘义隆听说魏主广纳贤才、抚恤安民，也想学习一下他的治国之策，随后就颁布了几道招揽贤才和劝课农桑的诏令，但是效果并不理想，不少有名望的人都不愿入官场。

其中最著名的就数陶渊明了，他曾潇洒地说："我不能为了五斗米折腰！"随后就辞官回故乡去了。

元嘉九年（432年），彭城王刘义康因为朝中元老相继去世，逐渐掌握了朝中政权，他升殷景仁为尚书仆射，升刘湛为领军将军。

刘湛这人，心眼极多，他竟然想除掉宋国大将檀道济。檀道济可以说是宋朝的良将了，地位也很高。人们常说功高震主，朝廷对檀道济也是有所防范的。

当时，宋主刘义隆生病，许久不见好转，刘湛偷偷对刘义康说道："主上倘若有什么不测，最让人担忧的就是檀道济了。"刘义康听后很同意刘湛的观点，两人一起密谋除掉檀道济。

他们先是找了一个借口请求宋主召檀道济入宫，檀道济入宫以后，刘义康又借口宋主病情严重，让檀道济留在京都。

几个月以后，宋主的病情有些好转了，檀道济才辞行。他刚下船，就被使者拦住，说是宋主又病重了，命他赶紧回宫去。檀道济不敢不从，只能返回，刚到宫门前，就被刘义康带人抓住了。

刘湛和刘义康给檀道济安了不少莫须有的罪名，檀道济自知落到他们手里，多说无益，于是直接把官帽一扔，怒声说道："你们自己毁了自己的万里长城啊！"

随后，檀道济和家人都被处死了，北魏听说檀道济被诛杀了，

还私下庆贺道:"檀道济一死,吴人就没什么好怕的了。"

燕主冯弘是后燕中卫将军冯跋的弟弟,冯跋得罪后燕就四处逃命去了。后来,冯跋平定国内的叛乱,继任为燕主,历史上称为北燕。

冯跋在位时与北魏结下仇恨,两国多次发动战争。后来,冯跋病重,他的弟弟冯弘趁机篡位,不料冯跋受惊死了。冯弘为了绝后患,杀了太子和冯跋的子孙一百多人。

魏主拓跋焘发兵讨伐北燕,接连取得胜利,有人劝冯弘向北魏求和,冯弘没有同意,而是继续增兵与北魏对抗。

没想到冯弘的三个儿子出卖国家,逃入了北魏。冯弘知道后,怒气冲天,立刻派兵前去讨伐他们。

北魏大军一路旗开得胜,冯弘害怕极了,立马派人向北魏求和。魏主向冯弘提了两个条件,一是释放扣押多年的北魏使臣于

11. 魏主拓跋焘大杀四方

什门,二是要求北燕的太子到北魏做人质,只要燕主能做到,他们马上就撤兵。

燕主冯弘马上将于什门送回北燕,但是并不舍得将宠爱的太子送去北魏,多次找借口搪塞北魏的使者。魏主拓跋焘忍无可忍,直接派大军杀了过去,冯弘毫无抵抗之力,无奈逃到了高丽。

冯弘到了高丽,仍然狂妄自大,惹怒了高丽王,最后冯弘及子孙都被高丽王处死,北燕只传了一代就灭亡了。

魏主拓跋焘灭了北燕以后,下一个目标就瞄准北凉了。

北凉王沮渠蒙逊死后,他的儿子沮渠牧犍继位,魏主加沮渠牧犍为河西王。同时魏主也暗自欢喜,认为夺取北凉指日可待了。

沮渠牧犍继位以后,履行父亲的遗命将自己的妹妹嫁给了魏主,魏主也礼尚往来,将自己的妹妹武威公主许配给了沮渠牧犍。两国联姻以后,总算和平相处了一段时日。

奈何这沮渠牧犍对武威公主并无情意,反而与自己的嫂子李氏勾搭在一起。李氏心肠歹毒,竟然对武威公主下毒,武威公主因中毒不深被救了回来。魏主拓跋焘得知自己的妹妹遭受如此对待,大发雷霆,让沮渠牧犍交出李氏。

沮渠牧犍与李氏感情颇深,哪肯将她交出,于是找了一个借口将北魏的使臣打发走了。

拓跋焘见沮渠牧犍不肯交人,更加生气,直接号召群臣商讨攻打北凉一事,朝中大臣多半不支持出兵北凉。拓跋焘又向多次出使北凉的李顺征询意见,李顺也认为北凉一带地上都是枯石,没有水草,人和马匹都不能长久逗留。

魏主拓跋焘又把大家的意见告诉给崔浩,崔浩立刻反驳道:"书中记载凉州畜产丰富,怎么可能没有水草呢?再说前人在那里建筑城池,一定是有地理优势的。"

李顺又接话道:"眼见为实,我是亲眼所见,你又何必争辩呢?"

崔浩大声说道:"你那是拿了别人的好处替人说话,还以为我什么都不知道吗?"

李顺被崔浩一语点破,立刻满脸羞愧地退下了。

朝中一位将军独自留下对魏主说:"凉州要是没有水草,凉州人如何立国呢?请您听从崔浩的建议。"

魏主听后觉得有理,于是亲自领兵征讨北凉。两军在姑臧(zāng)城展开大战,魏主亲自督战,他见姑臧城附近水草丰饶,对着崔浩说道:"你的话已经得到验证了,那李顺实在可恨,胆敢欺骗朕!"

北凉当然抵御不了北魏的进攻,不久沮渠牧犍的侄子率领众人投降,沮渠牧犍没办法,只好乖乖把自己绑着,向北魏投降,北凉也就此灭亡。

12. 刘义隆刘义康争权

北魏灭了夏国、北凉、北燕以后，中国的领土基本上被北魏和宋国瓜分了，宋国占据其中的十分之三四，北魏占据其中的十分之六七，两国也形成了南北对峙的局面，后世称为南北朝。

北魏在当时是最为强盛的，西域的一些小国家纷纷向北魏朝贡，只有柔然不肯归顺北魏，魏主多次派兵征讨，将柔然赶出了漠北，柔然部落也渐渐离散，不敢再来挑衅了。魏主拓跋焘统一北方之后也开始专心治理国家了。

而宋主刘义隆喜新厌旧，将皇后抛在一边，迷上了新纳的妃子潘氏，后来潘淑妃生了儿子，更得宋主宠爱了。

宋主的身体本来就虚弱，自从被潘淑妃迷住后，身子骨更差了，所以他将一切军国大事都交给弟弟刘义康处理。

当然刘义康这个弟弟当得是十分称职的，不光尽心尽力地照顾哥哥刘义隆的身体，政务处理也丝毫不懈怠，每天都没有闲暇的时间，宋主刘义隆对刘义康也十分信任。

可刘义康有一个极大的毛病，那就是不懂得约束自己，将君臣礼仪抛诸脑后。朝中的有才之士，如有需要就引入自己的府中，私下招揽了六千多名仆人也没有禀告宋主；外来的贡品，好的都送入自己府中，差一点的送入皇宫。

时间一久,宋主对刘义康渐渐起了疑心,朝中大臣也秘密请奏宋主,说刘义康的权势太大,应该加以防备,宋主也认同这一看法。

刘义康身边的亲信刘斌等人见宋主体弱多病,竟然想拥护刘义康称帝。

恰巧此时皇后一病不起,不久就归天了。宋主内心悲悔交加,旧病又复发了,好几天都吃不下东西,于是立即召来刘义康商量后事。

刘义康的亲信刘湛得知后,跑到尚书部查找晋朝册立皇帝的旧例,想拥戴刘义康继位,而刘义康本人对此是毫不知情的。

谁知宋主的身体渐渐有了好转,他也得知了刘湛等人的密谋,还以为刘义康与他们串通一气,对刘义康的疑心更重了。

宋主偷偷召来大臣殷景仁,与他秘密商议诛杀刘湛、罢黜刘

12. 刘义隆刘义康争权

义康的计策。随后,殷景仁就替宋主下达命令召刘义康进宫,然后将他留下来,等刘义康入宫时已经是夜半时分了。

接着,殷景仁又传召殿中将军沈庆之,宋主知道沈庆之跟刘湛不是一伙的,于是派他抓捕刘湛和他的儿子及同党。

此时天色已经很晚了,宋主立马宣读了刘湛的罪状并将刘湛父子及其党羽全部诛杀。

刘义康见宋主此次如此决断,知道自己已经被怀疑了,马上向宋主请辞。宋主念及兄弟之情,任命刘义康为江州刺史,临走之前刘义康到宫中向宋主辞别,兄弟二人一见面就痛哭起来。

殷景仁在有计划地除掉刘湛后,突然变得精神错乱,不久便去世了,扬州刺史的职位由宋主的次子刘浚担任。

宋主长子名叫刘劭(shào),现在已经被立为太子。次子刘浚年纪还小,所以宋主将扬州的一切事务委托给了大臣范晔(yè)和沈璞。

范晔是一位很有才华的人,几乎和司马迁、班固齐名,但他本人行为轻佻,家中姬妾成群,常常被文人鄙视。

宋主十分看重范晔的才华,一直在提拔他,还让他参与机密之事。朝中有大臣提醒宋主,说范晔这个人野心较大,应该把他调到远一些的地方任职,以免生出事端,宋主没有听从。

彭城王刘义康在出镇江州的第二年就请奏辞去了职务,奈何宋主没有答应,还让他督管江、处、广三州军事。宋主对刘义康还是心存猜疑的,一直没有把他调回京都。

孔熙先是前广州刺史孔默之的儿子,刘义康曾救过他父亲的命,对于刘义康的恩情,孔熙先一直铭记于心。孔熙先通过占卜得知宋主将会死于骨肉相残,江州将会出现新的天子。

恰好刘义康被贬于江州,孔熙先将占卜之事告诉了刘义康,并商议伺机行事。可过了两三年,一直没有合适的机会,于是孔熙先左思右想决定找一个帮手,他用尽手段笼络了自命不凡的范晔。

一次两人聊天时,孔熙先对范晔说起自己想拥立彭城王刘义康为王的想法,范晔听后脸色骤变。

孔熙先又继续说服范晔加入自己,范晔还是不为所动,最后孔熙先对范晔说道:"您家世显赫,却没能和皇室联姻,他们把您当犬马对待,您难道不感觉耻辱吗?"

这番话明显戳进了范晔的心窝里,孔熙先见范晔神色发生变化,又在他耳边鼓动了几句,范晔果然同意加入叛变了。

孔熙先和范晔两人很快就聚集了一批朝臣内外勾结,他们打算刺杀皇帝,然后嫁祸给将军赵伯符,再由范晔和孔熙先带人平息叛乱,迎立彭城王刘义康。

12. 刘义隆刘义康争权

计划赶不上变化,大臣徐湛之担心事情败露竟然向宋主告了密,把孔熙先、范晔等人密谋叛乱之事全都上报给了宋主,宋主立即派人收集他们叛乱的证据,最后将参与叛乱之人全部抓获,一番审问之后,他们全都招供了。

最后经过审判,范晔被定为第一要犯,最先推往集市斩首,孔熙先等人随后而来,他们还相互问答,有说有笑。

这时,范晔的母亲和妻子一起来看他,他也没有任何愧疚和悲伤的神色。不一会儿,只听咔嚓几声,范晔等人全都人头落地。

宋主派人查抄了范晔的家产,发现他家中的乐器、华服,全都珍奇无比,姬妾所戴的珠宝也都不计其数。但范晔的母亲却住得很简陋,他的侄子冬天连盖的被子都没有,他的叔父冬天也只穿着一件单衣。像范晔这样不念亲情的人,早该处死了。

彭城王刘义康也被宋主贬为平民,并流放到了安成郡,宋主还派人监视刘义康。

衡阳王刘义季听说刘义康被废以后,十分颓废,整日借酒浇愁,不问政事,宋主屡次劝告他都不起作用。没过两年,刘义季便丧了命,年仅二十三岁。

13. 宋魏开战

氐王杨难当投靠北魏以后，他的侄子杨保宗也投靠了北魏。这时候，杨保宗的弟弟杨文德鼓动他背叛北魏，杨保宗思考一番后决定叛变。不料他的意图被拓跋齐知道了，随后杨保宗被抓住处死。

杨文德想为哥哥报仇却被魏军击败，他逃走后派使者向宋国请求援助，宋主封杨文德为征西大将军，又派人与他一同攻打北魏的浊水城。

经过一番战斗，杨文德兵败逃往汉中，他的妻儿及部下都被魏军杀害。杨文德也因为战败被宋主降了官职。

宋国和北魏也因为这件事，再次成为仇敌。

不久，北魏的部将盖吴率领众人谋反，盖吴自知敌不过北魏，又派人向宋廷请求帮助。宋主大概是忘记了前车之鉴，又封盖吴为北地公，并派兵支援盖吴。盖吴打不过北魏的大军，没多久就战死了。

北魏这下终于找到机会南侵了，魏主亲自率领十万将士，越过黄河向南侵犯宋境。

南顿太守和颍（yǐng）川太守听闻魏军来袭，立马就逃跑了。豫州刺史刘铄（shuò）镇守寿阳，他急忙派人镇守悬瓠（hù）城，此时城内的士兵不满千人，形势非常危急。

13. 宋魏开战

北魏大举进攻悬瓠城，将整座城池围了数圈。魏军率先发起数次进攻，但都没有攻下城池，相反城内的士兵越战越勇，宁死不屈，士气十分高涨。

魏主大怒，亲自上战场指挥战斗，两军从早战斗到晚，无论魏军如何骁勇就是没法攻下悬瓠城，魏主见士兵伤亡过多，无奈撤兵。

宋主得知悬瓠城的战况后立马派兵一万前去支援。而魏主攻城也有四十多天了，还是没有攻克，他担心将来进退两难，于是率领魏军北归了。

这次宋魏算是闹翻了，宋主也想趁此机会入侵中原。彭城太守王玄谟（mó）向来狂妄自大，他屡次请求北伐，朝中一些大臣也在一旁怂恿，只有步兵校尉沈庆之认为宋国兵力不足，应该休养军队，等待时机。

宋主也极力赞同北伐一事，沈庆之继续反驳道："治国就跟治家一般，耕种的事应当问农夫，织布的事应该问织女，陛下要北伐，与这些白面书生商讨怎么能成功呢？"宋主听后也大笑起来，这事也就作罢了。

这时，宋主收到魏主的来信，他恼火极了，因为信中所写尽是挖苦讽刺宋主的意思。

不久，宋主又听闻北魏的谋臣崔浩被诛杀了，这可是一件喜事儿！宋主觉得有机可乘，毅然决定北伐，随即就制定了北伐的进攻路线。

只是打仗需要大量财力支持，宋国的国库本就没多少钱财，于是宋主这次四处搜刮钱财。因担心兵力不足，宋主还大量招纳民丁入伍，擅长骑马射箭或者武艺出众的人还会优先给予一些赏赐。

总之,为了这次北伐,宋主可谓倾尽全国人力和财力。

宋军率先展开进攻,魏军守将望风而逃,宋军不费吹灰之力就占领了确磝和安乐,王玄谟也率领军队进攻滑台。

滑台被困的时候已经是秋末了,魏主亲自领军支援滑台。宋将王玄谟根本不懂军事,他派各军驻扎在滑台城下,四面环攻滑台城。

军中将士提议采用火攻的方式将城池烧毁,趁机攻城,王玄谟却说:"将来这城中的一草一木都是属于我们的,怎么能将它们烧毁呢?"

就这样,王玄谟带着众将士在滑台城下驻守了几个月,也没找到进攻的机会,士气变得越来越低落。

忽然这时宋国传来书信告知王玄谟魏国援军将要赶到的消息,并让他赶快攻城。王玄谟收到来信还是不为所动,没有把这事放在心上。

十多天以后,侦察的骑兵报告王玄谟北魏的百万援军马上要来了,王玄谟一听,胆都吓破了,急忙召来将士商议对策。众将士提议用马车作为营垒抵御魏军的进攻,王玄谟仍旧迟疑不定。

到了夜晚,北魏的大军来了,击鼓的声音震耳欲聋,王玄谟听着这声音害怕极了,当时他内心只有一个想法,那就是赶紧逃命吧!于是他立即骑上马逃跑了。

众将士见主帅都跑了,顿时军心涣散,也都争先恐后地逃跑了。魏军从后面追击,斩杀了不少宋军,沿路丢弃的堆成了小山似的军械装备,全都被魏军缴获。

宋将萧斌准备斩杀逃回来的王玄谟,被沈庆之劝阻后才作罢。随后萧斌决定让王玄谟戴罪立功,命他镇守确磝,申坦、垣(yuán)护之镇守清口,自己则率军返回历城。

13. 宋魏开战

宋廷出师的时候还任命随郡王刘诞为雍州刺史，让他镇守襄阳。刘诞派柳元景、薛安都等人率兵攻打卢氏县，没多久就攻克卢氏县并斩杀了魏县令，接着柳元景等人又顺利攻克弘农。

柳元景又派薛安都、尹显祖等人向西进攻陕城，可陕城城池坚固险峻，众将士久攻不下。

魏将张是连提率领两万将士救援陕城，他突然骑着战马冲入宋军阵营，宋军吓得直往后退。

宋将薛安都见状勃然大怒，他脱去盔甲只穿着背心，骑上马就冲向魏军，一路斩杀数名魏军，神勇无比，宋军士兵士气大增，全都奋勇杀敌。

不久，宋军的援军赶到，魏军立马就撤兵了。

第二天，薛安都率领士兵来到陕城的西南边决定与魏军决一死战。两军交战了一百多个回合，魏军伤亡惨重，已经撑不了多

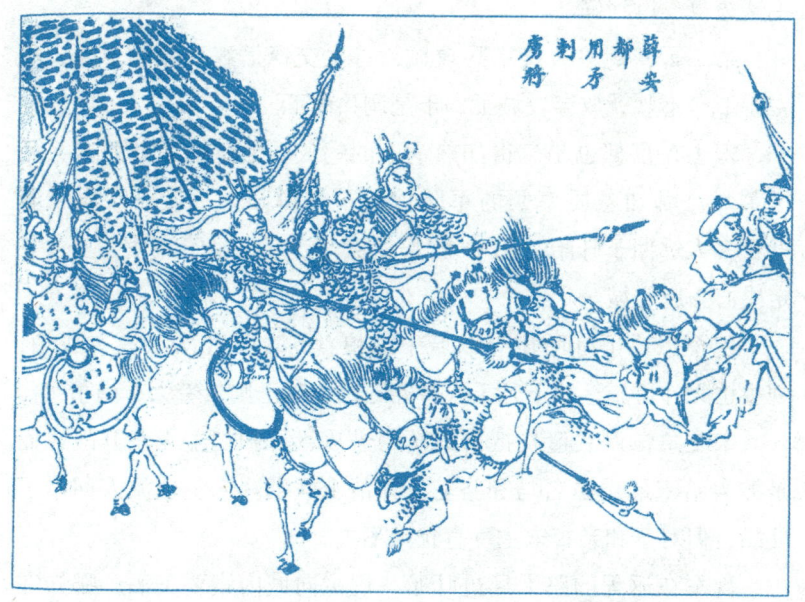

久了。魏将张是连提被薛安都的长矛刺死,魏军失去主帅,全都向宋军投降了。

接着柳元景等人十分迅速地攻下陕城和潼关。话说柳元景这边的战局还是一片大好的,可突然就被宋主一封诏书给召回来了。

宋军一退军,魏军就发起了反攻。宋将刘康祖等人领兵回朝时突然遭遇魏军的追击,宋军虽然人少但仍英勇杀敌,刘康祖在战斗中身负箭伤,慷慨殉国。

魏主拓跋焘亲率大军,直抵萧城,萧城距离彭城只有十余里,彭城兵多粮少,江夏王刘义恭害怕守不住城,竟然想要逃走。幸好沛郡太守张畅和武陵王刘骏极力劝阻,刘义恭才决定坚守彭城。

魏主到了彭城,看见城内士兵守备森严,倒也不敢贸然进攻。他想了个法子,派遣尚书李孝伯去打探彭城的虚实,刘义恭也派出张畅与李孝伯周旋,张畅对于李孝伯的提问全都对答如流,魏主这边也没讨到好。

第二天,魏主直接率兵攻城,首次交锋,魏兵死伤不少,魏主看形势不妙就放弃攻城了,于是调兵南下。

宋主在京都也是急得如热锅上的蚂蚁,他急忙派臧质率兵救援彭城。哪知臧质率领的军队被魏军打得四处逃散,臧质带着七百多人逃回了盱眙(xū yí)。盱眙太守沈璞接纳了臧质,二人下定决心一起守城。

魏军想攻下盱眙城夺取城中的粮食,攻了几次都没有成功,魏主也无计可施,留下几千人驻守盱眙,自己则带着大军南下了。

宋主急忙调兵遣将抵御魏军的进攻,哪知魏主无意开战,而是派人给宋廷送去名马和骆驼,并请求联姻。宋主也派人回赠了礼品,但对于和亲,宋主一直犹豫不决。

魏军在返程的路上经过盱眙,魏主向城内索要美酒,哪知守

13. 宋魏开战

城的臧质竟然给魏主送去一坛子尿液。

魏主气得火冒三丈,发誓要将臧质碎尸万段以解心头之气,可一个月之后,仍然没有攻下,魏军倒是死伤不少。后来,魏主因为士兵被瘟疫传染,无奈撤兵回朝了,宋魏之间的战争也告一段落。

# 14. 南北二帝遇害

北魏是从拓跋嗣在位时开始强盛的，拓跋焘继位以后国力更加强盛了，这少不了谋臣崔浩的功劳。而崔浩却因撰写国史一事得罪魏主惨遭杀害，北魏也损失了一位良将。

崔浩与高允等人一起撰写国史已经有些年头了，魏主也叮嘱他们撰写国史一定要根据事实编写，崔浩当然谨遵魏主的话。

朝中大臣闵（mǐn）湛和郗（xī）标二人向来阴险狡诈，他们看到崔浩撰写的国史就是一顿夸，还劝崔浩将国史刻在石碑上，让百姓都看看这些历史。崔浩也是直性子，没过多考虑就把北魏祖先的事迹，无论好坏，全都刻在石碑上了。

当时崔浩深受太子和魏主器重，这也引得不少人嫉妒。果然，不久之后崔浩就遭人诬陷，魏主一道敕令，将崔浩送上了断头台。

高允和崔浩一起撰写国史，当然也受到牵连。太子拓跋晃想设法救高允，于是授意高允让他把撰写国史一事全都推到崔浩头上，这样就能免去死罪了。

可高允却没有这样做，他还对魏主直言道："崔浩若只是因为直笔惹怒陛下，罪不至死，怎么能灭五族呢？"

最后，因为高允的直言劝谏，魏主只下令诛杀崔浩及其全族。崔浩死后，魏主让尚书李孝伯接替了他的职位，凡事都与李孝伯商

14. 南北二帝遇害

量,好像崔浩还在一样。

太子拓跋晃向来与魏主身边的近臣宗爱有矛盾。偏偏魏主十分信任宗爱,宗爱便诬陷太子身边的属官,魏主也没有详查就把他们全部处死了。

太子拓跋晃被吓得不轻,整日提心吊胆的,没多久就去世了。后来,魏主得知拓跋晃无罪,特别悲痛,还封了拓跋晃的儿子拓跋浚为高阳王。

宗爱见魏主整日追悔,担心自己被降罪,竟然干出弑主的事情来。

北魏正平二年(452年)春季,宗爱下手的机会终于来了。魏主因为喝醉酒,一个人在永安宫过夜。宗爱偷偷溜进去,将熟睡中的拓跋焘杀害了,可惜这英明一世的魏主就这样不明不白地死去了。

永安宫魏主被弑

　　宗爱杀害魏主以后还装作一副吃惊害怕的模样，与大臣们商量魏主的后事。大臣们对于谁来继承皇位争论不休，宗爱却秘密迎接南安王拓跋余入宫，他还假传皇后的诏令杀害了那些反对之人。

　　随后，宗爱就迎立拓跋余为皇帝，大臣们也都贪生怕死，不敢反对。当然，宗爱也成为皇帝身边的红人，他自任为大司马大将军太师，管理朝廷内外的军事。

　　宋主刘义隆听闻魏主的死讯，又动起了北伐的念头。宋主派三路大军分别进攻碻磝、许洛和潼关。之前宋国战败或许是因为宋主的专制，这次估计也无法成功。

　　宋军在碻磝接连战败，柳元景等人担心势单力薄就领军东归了，北伐又一次失败，宋主也非常失望。

　　魏主拓跋余听说宋廷已经撤兵，便放心大胆地开始享受生活了，他整日沉溺于酒色，常常外出游玩。

　　大臣宗爱掌握着朝政大权，不仅朝中大臣对他十分忌惮，魏主拓跋余也对他很有戒心，想要削弱他的权力。宗爱心怀不满，谋划除掉拓跋余，他趁着拓跋余祭祀时，派人将他刺杀了。

　　后来，北魏大臣得知了宗爱的阴谋，他们捉拿了宗爱并将他处死。拓跋晃的长子拓跋濬被群臣拥立为新帝，北魏内乱平定。

　　与此同时，刘宋王朝也发生了一件惊天动地的大事件。

　　太子刘劭本性凶残，他一直认为是潘淑妃间接害死了自己的母亲，因此心里对潘淑妃充满仇恨，对潘淑妃的儿子刘浚也心怀敌意。

　　刘浚害怕刘劭加害于他，所以凡事都奉承刘劭，两人的关系还算亲近。刘劭和刘浚时常出入东阳公主家中，他们通过公主的引见认识了女巫严道育。

　　由于刘浚与刘劭经常遭到宋主的责骂，所以二人想请求严道育

14. 南北二帝遇害

帮忙作法，祈求以后犯了错宋主也不会知道。

严道育担心法术不灵验就使用巫蛊术，雕刻了宋主的人像并将其埋在含章殿。

不久，宋主得知了这件事，查明事情真相后立刻下令抓捕女巫严道育，但是严道育早已经逃得无影无踪了。

随后，宋主派人教育了刘浚与刘劭一顿，毕竟是亲生儿子，也不忍心将他们杀害啊！

转眼过去一年时间，宋主得知刘浚和刘劭窝藏严道育，勃然大怒，当下就想找二人对质。

当时，宋主与大臣商议废掉太子刘劭并将刘浚赐死，但废了太子以后立谁为新太子是个令人头疼的问题，宋主只得每晚将大臣徐湛之召入宫中，一同商议。

可天下哪有不透风的墙，潘淑妃还是从宋主口中套出了他近日所谋划之事，救子心切的她立刻派人通知刘浚。

刘浚火速去通知了刘劭，二人也开始密谋除掉宋主刘义隆。

第二天夜晚，太子刘劭假传宋主诏令，称有人谋反，率领东宫卫士杀入皇宫。守卫的士兵不知道这是太子的阴谋，便给他们放行了。

随后，东宫的卫士闯入含章殿，宋主慌忙起身，搬起桌子躲在后面，不料被人连劈两刀，随即命丧黄泉，享年四十七岁。

接着，太子刘劭除掉了宋主身边的亲信，潘淑妃也被他杀害了。刘浚知道自己无法与太子抗衡，不得不巴结他，就连得知母亲被太子杀害也十分平静。

扫清一切挡路石以后，刘劭就慌忙地登上了帝位。

毕竟刘劭的帝位不是名正言顺得来的，朝中不少人对他不满。武陵王刘骏与大将沈庆之联合在了一起，准备征讨刘劭。

一段时间后，四方都响应刘骏，征讨刘劭的大军浩浩荡荡奔往建康。朝中不少大臣都赶来投奔刘骏。

柳元景率领的大军接连取胜，刘劭手下的大军也纷纷向柳元景投降，刘劭则在慌乱中逃走了，他的军队也逃走的逃走，投降的投降。

刘劭和刘浚二人正打算逃跑，却被义军围住，刘劭无法逃脱被士兵抓了起来，随后被押往新亭，最终刘劭与他的四个儿子及亲信全都被处死。

刘浚在逃跑途中遇到刘义恭等人，刘义恭趁其不备杀害了他。刘浚的儿子也被斩首。

平定刘劭之后，刘骏登上皇位，国家算是稍稍太平了一段时日。

 ## 15. 刘义宣叛乱

南平王刘铄此次平定叛乱以后也回到了建康,但不久之后竟然无缘无故地暴毙了。当时传言是宋主刘骏将他毒死的,宋主只是追封刘铄为司徒,这事也就不了了之了。

随后,宋主刘骏立长子刘子业为太子,并派叔叔刘义宣镇守荆州。

宋主刘骏这时才二十四岁,正是血气方刚的年纪,而且他还是一个十分好色的人。

刘义宣的女儿曾出入宫中,有几个长得十分漂亮,宋主看见后,也不管她们是堂姐还是堂妹全都纳入宫中。这事渐渐传到刘义宣的耳朵里,他当然愤恨不已!

朝中大臣臧质野心勃勃,竟然想造反,他与刘义宣既是表兄弟又是亲家,在得知刘义宣的不满之后便怂恿他一起讨伐宋主,刘义宣也同意了。

当时的豫州刺史鲁爽与刘义宣和臧质关系都不错,所以也被刘义宣拉入讨伐宋主的阵营,一行人商讨后决定秋季举兵起义。

不料,鲁爽当时喝醉了酒没听清命令,立即就起兵造反了,臧质听说鲁爽已经行动了,也立刻通知刘义宣一同会师。

刘义宣本想做足准备在秋季起兵,现在突然听闻鲁爽、臧质全

都行动了,自己已是骑虎难下,不得不仓促起兵,他与臧质商量好了起兵的借口后就将檄文发往了建康。

宋主刘骏听说刘义宣等人起兵叛乱,害怕极了,竟然想将皇位让给刘义宣。朝中大臣都劝谏宋主,应该积极讨伐逆贼,宋主这才派柳元景率领各军讨伐刘义宣等人。

雍州刺史朱修之也派使者到朝廷,告知宋主愿意一同讨伐逆贼。宋主得到朱修之这样的大将自然十分欢喜,还封他为荆州刺史。刘义宣则派鲁秀攻打朱修之。

此时,鲁爽正率兵前往历阳,他与臧质水陆并进。结果臧质接连战败,鲁爽也战死了。

刘义宣和臧质听闻鲁爽战死,顿时心凉了一大截,毕竟鲁爽外号"万人敌",如今他都死了,起义军损失了一员大将啊!

随后,刘义宣和臧质会师,臧质建议刘义宣率兵攻打梁山,自己则率兵前往石头城。此时刘义宣已经对臧质起了疑心,并没有采纳他的建议,而是命令臧质进攻东城。

臧质的大军在与薛安都的大军对战后,几乎全军覆没。

随后垣护之、薛安都等人又追击刘义宣,刘义宣被吓得不知所措,急忙驾船逃走了。臧质也四处逃跑,但没有人愿意收留他,无奈之下,他躲入南湖,最后还是被追兵发现,一箭将他毙命了。

刘义宣辗转逃到了江陵,他的手下劝他卷土重来,刘义宣本想召开大会鼓舞众将士,奈何他说话结结巴巴,词不达意,众将士都忍不住笑起来。这次誓师大会实在是失败,众将士大半都溜走了。

随后,刘义宣北行没有成功,返回江陵后被人送进了牢狱,他的儿子和臧质的子孙全部被处死。

这次起义事件过后,宋主刘骏总结经验教训,开始设立州郡,削弱地方权力。太傅刘义恭见宋主想加强皇权,也请奏撤销自己的

15. 刘义宣叛乱

职衔，宋主当然准奏了。

大臣沈庆之德高望重，他害怕遭到宋主的猜忌，也想告老还乡，宋主没有答应。后来沈庆之一边磕头一边哭诉，宋主才放他回乡去了。除此以外，柳元景也请奏辞官，宋主没有批准，后命他守卫京师。

朝中的重臣一个个都请求辞官，其他小官吏更加小心翼翼，不敢出差错。从此朝中有重大事情，大家也不敢进谏了。

没想到这庸才刘骏，竟有这样的手段，他当然乐不可支了，每天沉溺酒色。刘义宣的一个女儿受到宋主的无比宠爱，后来因生下一名皇子被封为了淑妃。淑妃毕竟是宋主的堂妹，不可宣扬出去，所以宋主就谎称她是殷氏的家人。

宋主杀了刘义宣又把他的女儿纳为妃子，这已经引起朝臣的不满，宋主只能采取强硬手段压制他们。但宋主的亲弟弟们却不肯受他压迫，双方免不了互相猜忌。

竟陵王刘诞功绩很高，再加上财力雄厚，宋主对他疑心颇重，就把他调到外地去了，还派人暗自监视他的一举一动。

当时，宋主将"两戴一巢"作为自己的心腹，两戴指的是戴法兴和戴明宝，一巢指的是巢尚之，宋主每遇到军国大事，都会与他们三人商议后再做决定。

后来，北魏派兵侵犯宋国领土被宋军击退，南兖州刺史刘诞竟然想趁机作乱，与宋主刘骏一决雌雄。

哪知刘诞还没动手，就接连被人告了密。宋主还假仁假义地免去了刘诞的死罪，却暗地里派人偷袭刘诞。刘诞很精明，一举击毙了偷袭之人，宋主知道后急忙派沈庆之率兵讨伐刘诞。

后来，刘诞给宋主送去一篇揭露宫廷丑闻的表文，宋主看后，气得火冒三丈，立即下令将刘诞的亲朋好友及同党全都处死了，加

起来有一千多人。

接着,宋主又催促沈庆之、宗悫(què)等人火速攻打刘诞。

豫州刺史宗悫是一位十分英武之人,刘诞听说宗悫要来攻城,十分畏惧。随后,刘诞登城远望,正好看见沈庆之指挥将士攻城,他高声喊道:"沈公都七老八十了,怎么还要来这受苦?"

沈庆之答道:"朝廷觉得您狂妄又愚蠢,派老夫来就足够了!"

随后,沈庆之发动进攻,刘诞当然不是他的对手,屡战屡败。不久,沈庆之就攻破广陵的外城和内城,刘诞逃跑后被沈庆之的手下抓住斩杀,叛乱就此被平定。

除掉刘诞一家仍不能使宋主刘骏解气,残忍至极的他竟然下令屠城,最终,共计三千人变为亡魂。

到了大明五年(461年),宋主的弟弟海陵王刘休茂也发动叛变,结果战败被杀。刘义恭为了讨好宋主,上表请求宋主压制诸王的权力,宋主当然同意,但是大臣沈怀文却极力劝谏。

朝中已经没有多少直言不讳的大臣了,沈怀文就是一位刚正不阿的人,他时常向宋主进谏,可最终还是被宋主找了个借口处死了。

从此,宋主更加挥霍无度、专制跋扈,哪位大臣惹他不高兴了直接派人随意殴打,朝中人人自危。

16. 昏君刘子业登场

大明六年（462年）四月，宋主刘骏最宠爱的殷淑妃病逝，宋主十分悲痛，就好像自己的母亲去世一样。殷淑妃死后，宋主对两人的爱子刘子鸾（luán）更加疼爱了，还专门派亲信辅佐刘子鸾。

只是这宋主时常追忆爱妃，时间久了竟郁郁寡欢，也没心思管理朝政了。到了大明八年（464年）夏季，宋主生了一场大病，没过几天就去世了，年仅三十五岁。

宋主刘骏死后太子刘子业继位，他才上位不久就把自己的母亲气死了。

宋主刘子业的母亲王太后病重后想见他一面，他却摇摇头说："病人的房间全是鬼，我怎么能去呢？"

王太后得知自己的儿子这么说，气得半死，对身边的宫人说道："快去给我拿把刀来，我要剖开肚子看看，怎么会生出这样的孽子！"没过多久，王太后就去世了。

此时，前朝重臣戴法兴、巢尚之等人依然掌握朝政大权，辅政大臣刘义恭对他们也是睁一只眼闭一只眼。

刘子业继位一年以后想执掌大权，亲自处理政务，偏偏戴法兴从中作梗，不让刘子业如愿，刘子业对他便心存不满。

宫中有位宦官叫华愿儿，刘子业经常给他一些赏赐，但都被戴

法兴以各种理由裁减了,华愿儿因此也对戴法兴心怀怨恨。

有一天,华愿儿对刘子业说道:"现在外面都传戴法兴是真天子,陛下是假天子,戴法兴和朝中大臣柳元景、颜师伯串通一气,权势滔天,恐怕您这皇位快要不保了呀!"

听了华愿儿的话,刘子业急忙下诏赐死戴法兴,免除巢尚之的官职。不久,刘子业又下诏将颜师伯兼任的职位全部撤销。

颜师伯害怕大祸临头,于是与柳元景密谋废黜皇帝刘子业,改立刘义恭为皇帝。

柳元景又联系沈庆之共谋废立之事,但沈庆之与刘义恭不和,加上他看不惯颜师伯平日里独断专行,于是先假装答应,随后就向刘子业告密了。

刘子业得知三人的阴谋后,亲自率军攻入刘义恭府中,将刘义恭残忍杀害,随后,刘子业又杀了刘义恭的四个儿子。柳元景和颜师伯两人也接连被杀,他们的家人也都被杀害了。

至此,前朝重臣差不多都被刘子业除掉了,此后,他更加肆无忌惮,竟然与自己的亲姐姐勾搭在一块,两人同吃同住,像是夫妻一般。

时间久了,刘子业对后宫的妃子都感到厌倦了,突然有一天他想起自己的亲姑姑新蔡公主,那可是一位千娇百媚的美人,当时新蔡公主已经嫁给了将军何迈。

刘子业顾不得那么多,直接召新蔡公主入宫,不久两人竟生出情意,新蔡公主被封为了贵妃。后来,刘子业杀了一个宫女将她放入棺材中送到何迈府中,并声称棺材里的是暴毙的新蔡公主,真是荒唐至极。

新安王刘子鸾为父母守丧暂时没有返回封地,刘子业就下诏赐死了他。这时刘子鸾才十岁,临死之前他对身边的人说道:"希望

16. 昏君刘子业登场

下辈子不要生在帝王家！"

没过多久，新蔡公主又被加封为夫人，何迈作为堂堂男子汉受到这般侮辱，心生怨恨，于是准备发动政变，可惜消息走漏被刘子业杀害。

大臣沈庆之看见刘子业的所作所为，也觉得不可理喻，于是经常在一旁劝谏，但刘子业根本不听。

吏部尚书蔡兴宗曾拜见沈庆之，并劝他带头起义，除掉昏君，沈庆之始终不肯听从，蔡兴宗只好失望地离开了。沈庆之的侄子也哭着劝沈庆之废掉宋主，他依旧没有同意。

不久，刘子业打算封新蔡公主为皇后，但他担心沈庆之反对，于是刘子业就下旨赐死沈庆之，沈庆之不肯自杀，最终被沈攸之用被子闷死。

沈庆之死后，刘子业愈加昏庸无道，他担心自己在外镇守的叔父们会趁机作乱，于是就将他们全部召回宫中软禁起来，还以侮辱他们为乐。

湘东王刘彧（yù）、建安王刘休仁、山阳王刘休祐三人，身材高大肥壮，是被侮辱得最厉害的。刘子业曾让刘彧光着身子像猪一样吞食木槽中的剩菜剩饭，还大声取笑刘彧。

有一天，刘子业派人将刘彧抬到厨房，说今天要杀猪。刘休仁劝说刘子业应该等皇太子生日那天再杀猪取肝肺，刘子业笑着同意了，刘彧这才保住一命。

晋安王刘子勋是刘子业的三弟，因为历代先皇都是排行第三，刘子业便担心刘子勋也会登上帝位，于是便派人带着诏书赐死刘子勋。

刘子勋的亲信得知这个消息后，立马与长史邓琬商议动员同僚一起讨伐刘子业，没过几天，邓琬就召集了五千多人。

此时的刘子业还不知道这件事,整日荒淫无度,饮酒作乐。

接连几个晚上,刘子业都梦见被他害死的人对他大声咒骂,刘子业大叫一声,晕了过去。醒来后的刘子业仍然十分后怕,他认定竹林堂里有鬼,于是带着巫师和大臣去射鬼。

刘彧早就与人密谋伺机杀死刘子业,趁此机会派人在竹林堂将刘子业诛杀,刘子业死时才十七岁。

随后刘彧被人拥立称帝,他就这样稀里糊涂地登上了帝位,群臣也都没有异议。唯独晋安王刘子勋不服新帝,还想起兵作乱。

晋安王刘子勋才十岁,压根不懂什么军事,军中大事都由长史邓琬做主。邓琬代替刘子勋发檄文讨伐刘彧,不久得到各方势力的支持。随后,邓琬竟然奉刘子勋为帝。

宋主刘彧在京都接连收到警报,慌乱不已,朝中大臣建议宋主施行仁政,好生对待叛党的亲属,笼络人心,宋主都一一照做了。

16. 昏君刘子业登场

不久起义兵战败的消息传来,宋主欣喜不已,又派出大军出击晋陵,大军打一仗胜一仗,叛军纷纷逃跑。

接着,宋主刘彧派出的军队攻克会稽(jī)等地,叛军也纷纷投降,宋主都赦免了他们的罪过。

不久,邓琬听说前锋战败,急忙派遣大军前去支援。两军交战以后,邓琬派出的大军被打败,军队溃散。邓琬没有退路了,竟然想杀害晋安王向宋主谢罪,以此来保全性命,最后被尚书张悦派人杀害。

刘休仁很快占据寻阳,刘子勋当然也被处死了。为了永绝后患,宋主刘彧还将刘子勋的兄弟们处死,至此孝武帝刘骏的二十八个儿子全部死去。

 ## 17. 刘宋王朝的衰败

宋主刘彧因国内叛乱已经平定,就想在淮北炫耀军威。他不肯听从大臣的意见,坚持派大军去迎接徐州刺史薛安都。

薛安都见宋主派大军前来,还以为是要治自己的罪,急忙向北魏求援。此时北魏的皇帝是拓跋濬的长子拓跋弘,年仅十二岁,他的嫡母冯太后很有谋略,常常临朝听政。

冯太后得知薛安都来求援,立马与大臣们商议,最后决定出兵援助薛安都。北魏大军一路攻下不少城池,宋军士兵死伤惨重,最后北魏占据了徐、兖、青、冀四州。

这时宋主接到战败的消息才后悔莫及,但他并没有将四州沦陷之事放在心上,而是更加纵情享乐。

朝中大臣阮佃(diàn)夫、王道隆、杨运长等人深受器重,权力仅次于宋主。其中要数阮佃夫最为嚣张,他狂妄自大、作威作福,朝中人人畏惧。

这几人经常向宋主进献谗言,诬陷皇室宗亲,宋主本就生性多疑,加上阮佃夫等人的煽风点火,更觉得骨肉至亲都是祸患。

宋主的哥哥庐江王刘祎(yī)与河东人柳欣慰是知己,柳欣慰与人密谋立刘祎为帝,后来事情泄露被杀,刘祎也被逼迫自尽。

扬州刺史建安王刘休仁与宋主刘彧感情很不错,刘休仁还曾救

17. 刘宋王朝的衰败

过刘彧一命。刘彧继位后,刘休仁也多次立大功,权势很大,渐渐也遭到猜忌。刘休仁见刘祎被杀,十分不安,立马请奏辞去官职。

晋平王刘休祐多次违抗圣旨,宋主刘彧早就想除掉他了,随后果然找了一个机会将他杀害,还对外宣称是坠马身亡。

不久,京都又谣传巴陵王刘休若有大富大贵之相,宋主刘彧立马下令召回刘休若。

这时宋主正巧生了重病,他害怕自己活不了多久了,便急忙召来大臣杨运长商量后事。

杨运长指出建安王刘休仁会威胁皇位,必须除掉,宋主开始不同意,后来听说宫廷内外不少人想拥立刘休仁为王,于是下定决心除掉刘休仁。

宋主召刘休仁到尚书省之后就下诏赐死了他。刘休仁死前愤怒地说:"我死后,看他还能活多久?"第二天,宋主下诏称刘休仁谋反,畏罪自杀。

先前被宋主召回的巴陵王刘休若已经抵达京口,他听闻刘休仁的死讯,又惊又怕。正当刘休若踌躇的时候,宋主的圣旨来了,催他赶紧入宫,刘休若只好硬着头皮入了宫。后来七夕的时候,刘休若也被赐死了。

此时,宋文帝刘义隆的十九个儿子中,除了宋主刘彧外,就还剩一个刘休范还活着,这也是因为他的愚昧无知才没被灭口。

宋主不但除掉了自己弟兄,朝中那些有功之臣也都被他处死,唯独萧道成只是被调回京都,没有遭到迫害。

扫清朝廷内的心腹大患以后,宋主又想收复淮北,但是被魏军击退。

魏主拓跋弘亲政以后,治国有方,北魏国力逐步提升。奈何魏主崇尚佛法,做了三五年皇帝以后,就厌倦了,于是将皇位传给了

年仅五岁的太子拓跋宏。

太子拓跋宏哭着推辞，但魏主心意已决，就这样，五岁的拓跋宏成了北魏的一国之主。从此以后，拓跋弘开始潜心研究佛学，只有国家发生了重大事件，大臣们才向他汇报。

拓跋宏继位以后还派遣使者通告宋廷，宋廷也派使者回访，两国渐渐恢复友好。

只是宋主的身体越来越差了，他担心自己死后，太子的皇位会受到威胁，于是除掉了王景文等对皇位有威胁的人。

后来，宋主刘彧病情恶化，精神也变得恍惚起来，睡觉时还经常梦见那些被他处死之人的冤魂前来索命。没多久宋主刘彧就去世了，享年三十四岁。

随后太子刘昱（yù）继位。刘昱的生父是宋主刘彧的宠臣李道儿，刘彧因好色过度，丧失了生育能力，因此把李道儿的孩子抱养

17. 刘宋王朝的衰败

到宫中，改名叫刘昱。因为刘昱才十岁，所以朝中大权还是被阮佃夫、王道隆等人掌握着。后来，蔡兴宗去世，朝中又少了一位公正廉洁之人，阮佃夫等人更加骄横了。

虽然朝中权臣横行，但好在没发生什么大的叛乱，宋廷也还算太平。过了几年，桂阳王刘休范竟然起兵造反了，他带着大军直攻大雷。

宋廷收到消息，立即召集群臣商议对策，大家商议了半天也没个定论。这时萧道成自告奋勇献计消灭敌军，大家对他的提议很是赞同。

后来，萧道成凭借自己过人的谋略成功消灭了刘休范及其同党，他率军回京都时，百姓们都在道路两边迎接他的到来，并且大声欢呼道："保全国家，全靠将军啊！"宋主也论功行赏，给萧道成升了官。

宋主刘昱继位时年纪尚小，喜爱玩耍，等到行了冠礼以后更加纵情玩乐了，而且他知道自己的亲生父亲是李道儿，常常自称"李将军"。

后来，建平王刘景素起兵造反，萧道成又一次消灭叛党，立下大功。宋主刘昱因为叛乱平定，玩得更起劲了，每天都要出宫游玩，看见百姓的家畜就派人去刺杀，并以此为乐。

在宫中，刘昱看谁不顺眼也是立马斩杀，一天不杀人，他就闷闷不乐，因此朝臣全都人心惶惶，害怕丢了小命。

见宋主如此残忍无道，阮佃夫与申伯宗等人密谋废黜刘昱，可消息不久就泄露了，刘昱将阮佃夫等人全部处死，其他参与这次密谋的人也被刘昱杀害，手段极其残忍。

不仅如此，刘昱还想毒死太后，后被人劝阻才作罢。

朝中大臣萧道成也差点被刘昱害死，事情是这样的：那是非常

炎热的一天，刘昱偷偷跑到领军府，他正好看见萧道成袒露出来的肚脐很大，便想拿萧道成的肚子当箭靶子练习射箭。

萧道成被吓得满头大汗，连忙用手捂着肚子说道："老臣无罪啊！"这时一边的卫队长也说道："领军的肚子确实是一个好箭靶，可这次将他射死了，以后陛下就没的玩了！"刘昱觉得有道理，便换了一支木头做的箭。

这一次萧道成的小命算是保住了，但他整日提心吊胆的，想着自己早晚会被宋主害死，后来萧道成又听说宋主经常磨箭头想杀了自己，便更加害怕了。

为了自保的萧道成随即找来亲信密谋除掉刘昱，但没有想出可行的计策。后来萧道成的弟弟提出可以趁刘昱外出游玩时伺机行刺，萧道成觉得这个方法不错，于是暗地里笼络了刘昱身边的人找机会行动。

后来，刘昱被萧道成买通的杨玉夫暗中杀害，年仅十五岁，他在位的时间只有五年。

 南北

18. 萧道成建国

杨玉夫斩下刘昱的首级后派人将其交给了王敬则，王敬则又急忙带着首级来到领军府，边敲门边喊。

门内的萧道成不敢开门，王敬则就把刘昱的首级扔进了院子里，萧道成辨认一番后确定是刘昱的首级，于是迅速赶往宫中，宣布了刘昱的死讯。

接着，萧道成又以王太后的名义召来袁粲、褚（chǔ）渊、刘秉（bǐng）等人商量国家后事。萧道成对刘秉说："这是你们家的私事，外人哪敢决定这样的事情。"

刘秉听他这么说，抬头一看，见这萧道成目光如电般发亮，胡子也张开来，顿时有些害怕，犹豫着说："如果是别的事情还好说，这件事非得您来定夺。"

萧道成又让袁粲等人做主，大家都不敢定夺。王敬则这时候提着刀走过来说："天下的事情都应该由萧公定夺，谁要是有异议，我的刀饶不了他！"说完，取来一顶白色的纱帽，戴在萧道成头上，劝萧道成即位当皇帝。

萧道成急忙取下帽子，呵斥王敬则："你这是瞎胡闹！"

其他人你看看我，我看看你，哪敢说话，萧道成乐见其成，说道："既然你们都不想做这个下决断的人，那就我来吧，今天只有让安成王登基这一条路了。"

王敬则自然是不愿意，最后被萧道成一道目光给怼了回去。其他人只好模模糊糊答应了萧道成的提议。

此时的宋主刘準才十一岁，没有什么实权，国家的军政大权基本上掌握在了萧道成手中。

荆襄都督沈攸之和萧道成关系很不错，而且两人又是亲家。后来沈攸之见时局动荡，起了谋反之心，后因他说话没有分寸，被不怀好意之人告上了朝廷，说他谋反。

萧道成还是极力维护沈攸之的，杨运长等人因为嫉妒沈攸之，竟然派刺客暗杀他，后来被沈攸之察觉，刺杀没有成功。但从此以后，沈攸之开始怨恨朝廷，并怀疑萧道成没有为他辩护，两人开始有了嫌隙。

沈攸之的亲信都劝他迅速起兵，但他的儿子沈元琰（yǎn）还在建康做官，所以不敢起兵。

后来，萧道成派沈元琰回到了沈攸之的驻地，沈攸之认为上天都在帮他，于是对着手下说道："我儿子已经回来了，还有什么好担忧的呢？"

这时恰好有使者来到江陵给沈攸之加封号，并送来太后赐给他的十捆香烛。沈攸之正好以此为借口，说这蜡烛中藏着太后的诏令，内容说的是要将国家大事全都委托给他。

随后，沈攸之开始向全国发布征讨檄文，准备起事。他派遣使者去约雍州刺史张敬儿、豫州刺史刘怀珍、梁州刺史范柏年等人一同起事。

哪知，雍州刺史张敬儿本就是萧道成这边的人，他直接把这事报告给了朝廷。

沈攸之又给萧道成送去一封信，大意是指责萧道成弑杀皇帝、私结党羽等罪过。萧道成看完信，恼羞成怒，随即派自己的儿子准

18. 萧道成建国

备防备沈攸之的叛乱。

萧道成的儿子萧赜（zé）刚到寻阳就听说沈攸之发动叛乱了，萧赜随即屯兵湓口，并派人留守寻阳。

萧道成担心袁粲叛变，亲自到石头城与他议事，袁粲却不肯出来见萧道成。萧道成又召褚渊一起议事，而且事事都向他咨询，两人变得格外亲昵。

不久，袁粲与刘秉等人密谋除掉萧道成，他们还把密谋之事告诉了褚渊想拉他入伙。不料，褚渊已经投靠了萧道成，当下就把他们的计划告诉了萧道成。

萧道成立即派军赶往石头城，名义上是援助袁粲，实际上是监视他。

袁粲假传太后命令，派军里应外合攻打萧道成。起义的这天夜晚，胆小如鼠的刘秉竟然带着家眷随从慌慌张张地赶到了石头城，袁粲急忙出来迎接，看见刘秉便对他说道："何事如此匆忙？看来我们的计划要失败了！"

萧道成得知袁粲与刘秉会合以后，立即派戴僧静领兵攻打袁粲。刘秉在城东回望，看见城西起火，害怕极了，随后带着两个儿子逃走了。

不久，戴僧静就攻入城内，袁粲的儿子袁最为了保护他被人砍伤，袁粲哭着对儿子说道："我不失为一个忠臣，你不失为一个孝子。"最后，两人全都战死。

城中的百姓唱着哀悼的歌谣：可怜石头城，宁为袁粲死，不为褚渊生！

刘秉父子也被士兵抓住诛杀了，随后，萧道成将袁粲的党羽全都赦免了，他是想笼络更多人。

解决了朝中的叛乱，萧道成要开始对付沈攸之了，这次是他亲

自带兵讨伐沈攸之。

沈攸之也调兵遣将发起进攻,他自认为兵强马壮,有些骄傲自满。沈攸之刚要起程就听说柳世隆带着军队打过来了,他随即改变计划开始攻打郢(yǐng)城。两军交战数回合,柳世隆灵活应战,一会儿守一会儿攻,把沈攸之的军队搞得焦头烂额。

两军相持了半年,沈攸之还是没有攻克郢城,反而损失不少士兵。沈攸之还常常意气用事,再加上不懂得体恤将士,渐渐人心离散,很多将士都叛逃了。

后来,沈攸之带着残兵败将东归,走到鲁山的时候,部众都已经溃散了,各将领也逃走了。不久,沈攸之又收到江陵城失守的消息,他更加心灰意冷了,决定向华容奔去。

到了栎(yuè)林的时候,沈攸之身边就剩下儿子沈文和一人

18. 萧道成建国

了,沈攸之已经心如死灰,他下马长叹几声后便自尽了,他的儿子也跟着自尽了。

叛乱全部平定后,萧道成也对帝位起了心思,整日为自己的大业发愁。

大臣王俭察觉出了萧道成的心意,私下对萧道成说道:"宋氏失德,要不是您他们哪能如此安心地坐拥天下,您不能再拖延下去了,不然到时候既失了大业又丢了身家性命啊!"

萧道成听后觉得有理,王俭又建议可以与褚渊共商大业,于是萧道成亲自找褚渊去了,他对褚渊说:"我梦见自己当了皇帝。"

褚渊本就胆小怕事,一时不敢支持萧道成,还是萧道成的亲信任遐亲自去威逼利诱褚渊,他才点头同意了。

后来,萧道成的官位越来越高,做到了相国,还被封为齐公,赐予九锡礼。他也将自己的心腹留在身边任职。

这时,宣城太守杨运长免职回家,萧道成派人将他勒死了。不久,萧道成又除掉了临川王刘绰和武陵王刘赞两大绊脚石。

随后,萧道成又被晋升为齐王,他还改称世子萧赜为太子。接着,萧道成就逼迫宋主刘准禅位,可怜这十三岁的小皇帝,在位只有三年时间。

在举行禅让礼的当天,宋主害怕得藏了起来,后来还是被王敬则等人找到。宋主刘准边哭边说道:"愿后世不要生在帝王家!"

一切准备就绪以后,萧道成在百官的拥护下登上了帝位,立国号为齐,史称南齐,萧道成的亲信也全都加官晋爵。

不久,萧道成将刘准及整个刘氏皇族全部杀害,至此宋朝灭亡,共存在了六十年。

 # 19. 萧赜登帝位

萧道成即位以后，安邦定国，朝廷内外呈现一派新气象。

北魏这时候又蠢蠢欲动了，居然又派兵南侵寿阳，齐主萧道成却一点也不惊慌，淡定地说道："我早料到会这样了，已经派垣崇祖镇守豫州去了，有他在不必担心。"

自从魏主拓跋弘将皇位传给年幼的太子以后就住到了崇光殿，除非国家发生大事他才出面处理。

当时久居深宫的冯太后竟然与宫里的侍卫李奕勾搭在一起了，后来，李奕的哥哥犯罪以后被人告发，拓跋弘大怒之下处死了李奕兄弟。

冯太后见情人被杀，分外心痛，一心想着为李奕报仇，于是她直接派人把拓跋弘给毒死了，拓跋弘死时才二十三岁。

拓跋弘死后，冯太后再次执掌政权。丹阳王刘昶是由宋逃到北魏的，并且得宋主无比器重，刘昶想收复旧业，冯太后与大臣商议过后，同意了他的提议。

随后，北魏就发兵南下了，豫州刺史垣崇祖听说魏兵来袭，一点也不惊慌，而是想了一条妙计来抵御魏军，魏军中计后狼狈逃走了。梁郡王拓跋嘉也被埋伏的士兵击退，退到豫州境外去了。

捷报传到京都后，齐主萧道成对着群臣说道："我就知道垣崇

19. 萧赜登帝位

祖一定可以击退敌军，如今果然没有令我失望，他真是朕的韩信、白起呢！"

后来，北魏又再次入侵齐国领土，但都失败而归，此后便没有侵犯齐国边境了。刘昶也打消了光复旧国的念头，回到了平城。

齐主萧道成还想北伐，但因为年老体衰，所以一直没有行动。好不容易过了四年，齐主的身体愈加虚弱，他知道自己时日不多了，于是急忙嘱托褚渊、王俭等人忠心辅佐新帝。

过了两天，齐主萧道成就病逝了，他活了五十六岁，在位四年时间。接着，太子萧赜继承了皇位。

后来，朝中重臣褚渊去世了，享年四十八岁，褚渊的长子拒绝入朝为官，立志终身为父亲守墓，这也算为父亲赎罪吧！

齐主萧赜做太子时就与大臣荀伯玉关系不和，大将垣崇祖也受到萧赜的猜忌，所以齐主一直想找机会除掉他们。后来宋主让人诬

父子相继
萧齐承

陷垣崇祖与荀伯玉图谋不轨，相约发动叛乱，随即就把这两人处死了。

车骑将军张敬儿因辅佐有功受到宋主的恩宠，他家中姬妾成群，生活非常奢侈。后来，齐主萧赜怀疑张敬儿勾结蛮族，也将他处死了。

侍中王僧虔（qián）是宋太保王弘的侄子，齐祖萧道成与王僧虔向来十分友好，所以萧道成建国以后，一直重用王僧虔。

齐主擅长书法，王僧虔也擅长书法。两个人曾经比试过书法，各自写了字之后，齐主曾经笑着问他："咱俩的书法谁是第一？"

王僧虔说："臣书法第一，陛下的书法也是第一。"

齐主听罢，笑得合不拢嘴。现如今，王僧虔见到张敬儿的悲惨下场以后，感慨万千，为了避免灾祸，他一再拒绝了齐主对他的封赏，后在永明三年（485年）病逝。

王俭在父亲遇害后，由叔父王僧虔带大，王俭曾请奏齐主让他为王僧虔守丧，齐主没有同意，让王俭当了太子少傅。太子萧长懋（mào）十分好学，经常向王俭请教问题，王俭一直耐心为太子解答。

竟陵王萧子良与临川王萧子映，曾经在太子身边服侍，他们也时常一起切磋学问。

太子喜欢佛学，萧子良也喜欢佛学，萧子良经常邀请名僧诵经，范缜（zhěn）则多次劝告他世间没有神佛的存在，两人还经常为了这个问题争论。

后来，范缜写了一本书——《神灭论》来表明自己的观点。萧子良曾派人劝说范缜："你这么有才华，中书郎的职位不是信手拈来吗？干吗要标新立异，浪费才华呢？"

范缜笑着回复道："如果要我背弃自己的信念来谋取官位的话，

现在不是尚书令也是仆射了。"

近年来，齐国国家安定，齐主萧赜致力于加强文治，他任命王俭担任国子祭酒，并在王俭的宅子里开学士馆。

王俭博学多识，说话、写文章都很有水平，他还常常对人说："江左风流宰相，唯有谢安一人。"言下之意，自己跟谢安比差不了多少。永明五年（487年）的时候，王俭得病身亡，年仅三十八岁。

萧子响是齐主萧赜的第四个儿子，被封为巴东王，同时掌管着七州的军事。后来有人向朝廷密报萧子响有造反的迹象，朝廷忙派人前去查探，萧子响却避而不见，还将告密者杀害了。

齐主萧赜知道后，火冒三丈，急忙派戴僧静领军前去讨伐萧子响。

戴僧静则劝谏齐主应三思后行，以免闹得人心惶惶，齐主听从了戴僧静的建议，立即派胡谐之等人去往江陵抓捕萧子响身边煽风点火的小人，并传诏说："如果子响愿意自首，就保全他的性命。"

胡谐之等人到了江津以后，萧子响依旧紧闭城门，他站在城楼上主动向来使解释自己并无反叛之心。

尹略见萧子响闭门不出，十分气愤，当即打算率军攻城。萧子响听说后，立马派人送去好酒好肉犒劳京都来的军队。面对萧子响的好意，尹略等人完全不领情，他们将酒肉全部扔到江里并把使者扣押起来。

后来，尹略等人又把萧子响派去索要诏书的使者抓起来了，萧子响终于爆发了，直接出兵，一战之后，尹略被杀，胡谐之等人逃走了。

齐主萧赜得知胡谐之等人战败，又派萧顺之前去讨伐萧子响。萧子响知道事情闹大了于是急忙驾着小船赶往建康。

太子萧长懋忌恨萧子响，于是秘密联络萧顺之让他早日除掉萧

子响。随后,萧顺之截住了萧子响,萧子响请求萧顺之带他回京,当面向齐主请罪,萧顺之不答应,最后,绝望的萧子响自尽身亡,年仅二十三岁。

以前高祖曾告诫萧赜说:"宋氏如果不是骨肉相残,别人怎么能有可乘之机?你一定要以此为戒。"萧赜哭着接受教诲。

后来长沙王萧晃犯了罪,齐主萧赜立即治他的罪,幸好豫章王萧嶷(yí)劝说齐主应看在手足情分上饶过萧晃一次,齐主这才作罢。

萧子响死后没有被安葬,豫章王萧嶷反复请奏齐主将萧子响安葬入土,齐主才同意。

豫章王萧嶷为人宽容大度、礼仪学识都十分出众,得到百官的敬仰。萧道成就很喜欢这个儿子,他与兄弟相处也很和睦,就连朝廷内外的大臣都很敬佩他。

永明十年(492年),萧嶷突生重病,齐主萧赜遍寻名医来诊治萧嶷,仍然毫无效果。不久,萧嶷病逝,齐主悲痛万分,哭着回到宫中。

20. 拓跋宏迁都

魏主拓跋宏十分孝顺，无论大事小事都会禀告冯太后。拓跋宏的生母是李夫人，但他由冯太后抚养长大，由于从小跟着冯太后，所以将祖母看作生母一般。

冯太后每日临朝听政，在宫中权势很大，所以肆意妄为。她常常派人监视朝廷内外，一旦发现有说自己坏话的，立即处死。

魏主拓跋宏的舅舅李惠是一个很有声望的人，因私下与人谈论了几句宫中丑事，被冯太后知道以后，全家都被处死了。

冯太后在四十九岁时，因病去世，魏主拓跋宏悲伤过度，五天都不吃不喝。

为了表达对祖母的哀思，魏主拓跋宏下诏为太后守丧一年，并且令文武百官也穿一年的丧服。第二年元旦，魏主拓跋宏才临朝听政。

齐主萧赜也派人去北魏吊丧，北魏也派了使者回访齐国，此后，两国又开始互通来使。

魏主拓跋宏在脱去丧服后仍然十分哀伤，常常去拜祭冯太后。其实，冯太后在世时对拓跋宏十分刻薄、歹毒，但拓跋宏丝毫不记恨她。

永明十一年（493年），太子萧长懋突然患病去世，享年三十六岁。毕竟是白发人送黑发人，齐主萧赜悲痛欲绝，泣不成声。随后，齐主萧赜立长孙南郡王萧昭业为皇太孙。

夏去秋来，突然收到北魏入侵边境的消息，齐主正想调兵遣将，奈何身体不适，只能卧床静养。偏偏北魏入侵的警报越来越急，齐主立即派兵镇守边境要地，并召萧子良回宫。

萧子良回宫以后，日夜服侍齐主。齐主因为担忧国事，竟然昏了过去，朝廷内外全都仓促地穿上了丧服，这时大臣王融想推萧子良继位，都写好了诏书，准备颁发。

突然，齐主萧赜苏醒了，他又下了一道诏书，说是希望丧事一切从俭。当天晚上齐主就去世了，享年五十四岁，在位十一年。

大臣王融还想拥立萧子良为帝，这时，西昌侯萧鸾见皇太孙还没有继位，便大声说道："既然已经立了皇太孙为帝，就该立刻迎他登位！"随后，萧鸾便侍奉皇太孙坐上御座，群臣没有不听从命令的，全都跪拜，高呼万岁！

萧昭业以前与萧子良的关系还是很亲近的，就是因为王融谋变一事才与萧子良有了嫌隙。

萧昭业常常假装谦恭，背地里却十分轻佻浮华，他还找女巫作法诅咒祖父和父亲早死，这样自己能早日登上帝位。太子去世后，他痛哭流涕，看起来像一个大孝子，可转身就去饮酒作乐，和平常一样。

过了十几天，萧昭业便找了个理由除掉了王融，萧子良也不敢救他，年仅二十七岁的王融含恨离去。

萧昭业继位后，整日寻欢作乐，早已把北魏入侵的事忘得一干二净了。

另外，魏主拓跋宏也不是真心想入侵齐国。他想移风易俗，把都城迁到洛阳，但是害怕群臣不同意，所以提议讨伐齐国，然后趁机迁都。

随后，魏主一面将檄文传到远近各处，一面调兵南征，两个月以后，魏军抵达洛阳。这时的天气比较凉爽，雨也没停过，魏主拓

20. 拓跋宏迁都

跋宏命令大军赶快前进，自己则拿着鞭子指挥大家。

不久，有大臣冒死进谏魏主，说："全国臣民都反对这次南征，唯独陛下一意孤行，臣不知您这样做如何能成功？"

魏主拓跋宏生气地回道："我的志向在于一统天下，你们这些儒生怎么能理解这些呢？"

随后又有大臣含泪劝谏魏主，魏主说："这次大举南征，震惊四方，要是无功而返，我怎么面对后人呢？现在要想停止南侵，那就迁都到洛阳，这样才不至于师出无名。你们赞成迁都的站到左边，不赞成的站到右边。"

听了魏主的话，不少人站到了右边，唯独南安王拓跋桢（zhēn）对魏主说道："陛下如果真愿意放弃南征的计划，迁都洛阳，那也是我们的愿望，百姓的福气啊！"

说完，拓跋桢又对着群臣说道："与其南征，宁可迁都！"大

家听后齐呼万岁，于是魏主立即下令迁都，并让士兵进城休息，拓跋宏的迁都大计就这样得逞了。

后来仍有一些大臣不愿意南迁，拓跋宏将大家一一说服。等到洛阳的宫殿已经建好以后，魏主就领着文武百官和后宫妃子从平城出发，一路浩浩荡荡奔着洛阳去了。

此时，萧昭业已经继位一年了，仍旧整日玩乐，没个正经。他与皇后何氏都是不安分的主，两人把后宫搞得乌烟瘴气。

世祖萧道成一生节俭，国库里积累了不少钱财，可无奈摊上萧昭业这样的败家子，他当上皇帝后，挥霍无度，三两下就把国库里的钱财花了一大半。

萧昭业的种种行为惹怒了当朝宰相萧鸾，他多次上奏劝谏齐主，无奈齐主根本不理会，还把他拒之门外。

软的不行就来硬的，萧鸾决定废黜萧昭业，他找来参军萧衍一同谋划此事。他们首先拉拢萧子隆、崔慧景等人，解决了后顾之忧。

接下来就是除去内患，萧鸾设计除掉了齐王的亲信杨珉、徐龙驹、周奉叔等人。

这时，武陵王萧晔突然病逝，只活了二十八岁。竟陵王萧子良本就身体虚弱，他抱病前去吊丧，回来后病得更重了，临死前对身边的人说道："我快死了，你们看看门外，应该有异象发生。"

人们出去一看，果然河中有数万条鱼浮出水面，一起向城门游去，大家都惊讶不已，急忙回报，谁知萧子良已经没了气息，这年他才三十五岁。

萧子良是当时的贤王，他广结天下名士，深受大家敬仰，他去世以后，名士们都很悲伤。

只有这齐主萧昭业对萧子良向来怀有戒心，听闻他的死讯竟然还暗自欢喜，但是表面还是装作伤心的模样。

# 21. 萧鸾篡位

萧晔与萧子良接连去世，国家的军国大权基本上掌握在了萧鸾手里。萧鸾的权力越来越大，篡位的想法也越来越急切，他想废立国主的消息也渐渐传到了萧昭业的耳中。

齐主萧昭业曾私下问鄱阳王萧锵（qiāng）："你知道萧鸾有谋反的心思吗？"萧锵回复道："萧鸾受先帝的嘱托辅佐君主，他应该不敢有谋反之心，满朝文武百官也只有他一人可以主持大局，还请陛下不要猜疑！"

过了几天，萧昭业又召来中书令何胤（yìn）与他商议谋杀萧鸾的计划，何胤胆小怕事，不敢答应，劝说萧昭业耐心等待。

后来，萧昭业下诏派萧鸾去西州，萧鸾知道齐主已经对自己有些怀疑了，于是急忙找亲信商量对策，萧昭业也与曹道刚等人密谋除掉萧鸾。

萧昭业一方与萧鸾一方都在等待时机除掉对方，最后，萧鸾一方先下手了，他们先除掉了萧昭业的心腹大将曹道刚、朱隆之等人。

此时的齐主萧昭业正在寿昌殿，萧湛等人带军杀入，萧昭业无力抵抗，最后被萧湛勒死，年仅二十一岁。

不久，萧鸾对着众臣说道："现在应该立谁为君主呢？"有大

臣提议立新安王为帝，萧鸾同意了，随后萧昭文继承皇位。

新安王萧昭文继承大位后，封赏了各个王公大臣。萧鸾这时候已经有了篡位之心，所以将自己的侄子安插在朝廷内外，作为支援。

当时萧氏一族中，萧锵与萧子隆的名声最为显赫，萧鸾暗地里一直忌恨他们，但表面装得十分忠诚，有人劝萧锵除掉萧鸾，以绝后患，萧锵没有同意。不久，又有人劝萧锵赶快除掉萧鸾，萧锵畏畏缩缩，不敢行动，最后事情败露，萧锵、萧子隆等人全都被处死了。

江州刺史晋安王萧子懋是萧子隆的第七个哥哥，他听说二王遇难，心中甚是不平，打算起兵报仇。

不料他的计划被人告诉了萧鸾，萧鸾随后立即派人前去讨伐萧子懋。

不久，裴叔业率领的军队就占据了湓城，裴叔业听说萧子懋的部下骁勇善战，不好攻克，于是派人去往寻阳城刺杀萧子懋。

后来，于琳之出卖了萧子懋，当萧子懋正坐在书房中时，于琳之带着士兵冲入房中，对着萧子懋大声喊道："我奉朝廷之命特来取你性命！"

萧子懋愤怒地叫道："你这个奸诈小人，卖主求荣，天理何在啊？"话还没说完，就被于琳之等人杀害，年仅二十三岁。

接着，萧鸾又派人除掉了可能会威胁到皇位的各位王爷，裴叔业高高兴兴地东还，回去禀告萧鸾。萧鸾也随时准备篡位，实现宏图大业，但他仍有些忧虑，害怕自己不能服众。

不久，桂阳王萧铄、江夏王萧锋、建安王萧子真都被萧鸾派人杀害，但是萧鸾仍不满足，又派人逼迫巴陵王萧子伦自尽。

萧鸾如此残害萧氏一族，朝中无一人敢反对他，于是他正好趁

21. 萧鸾篡位

热打铁,将萧氏的江山夺了去。

齐主萧昭文本就是一个傀儡皇帝,而且他的宗室亲戚已经死了一大半,朝堂一帮元老大臣大多是求富贵求安稳,哪管什么江山易主之事。

延兴元年(471年)十月,朝廷颁布了一道太后的诏书,说的是废齐主萧昭文为海陵王,命宣城王萧鸾登帝位。

这诏令一下,齐主萧昭文只得搬出东宫,住到私宅里去了。等到登位之时,萧鸾还假意推托,群臣再三请求,他才入殿登基。

登基以后,萧鸾给自己的亲信朋党全都封官拜爵。萧鸾的大儿子叫萧宝义,本应立他为太子,但因为萧宝义是姬妾所生,而且有残疾,所以太子之位落到了刘皇后的长子萧宝卷头上。

萧鸾还假装对废主萧昭文礼遇有加,可到了十一月间的时候,萧鸾忽然称萧昭文患病,于是急忙派御医前去查看,没想到,萧昭

文喝了几服药之后，把命喝没了。

齐主萧鸾除掉了所有心腹大患，这才心满意足，安心当皇帝去了。

魏主拓跋宏迁都洛阳之后，国家逐渐安定下来，他听说齐国发生了政变，换了皇帝，又想趁齐国国家动荡之际发兵南征。

这时，正巧有人报告魏主说齐国有大臣想要投降，魏主当然欢喜，急忙派兵攻打襄阳、义阳等地。

朝中有大臣上奏魏主说："洛阳才刚刚建立，不应该轻举妄动。"

魏主拓跋宏仍坚持南征，他还召集群臣商议，表示要亲自出征。当然群臣有的反对，有的持中立态度，但魏主这次铁了心要南征，谁反对也没用。

魏军到达悬瓠城，接连催促曹虎带兵前来会合，但曹虎始终没有来，魏主还是不肯罢兵。

警报传到了齐国，齐主萧鸾急忙派王广之等人率兵抵御魏军。

魏主率领着三十万大军直抵寿阳，此时，春雨连绵，魏主为了与将士们同甘共苦，竟然冒雨巡视军队，看见受伤的士兵，还会亲自去慰问。

到了寿阳城下，魏主又向城中的人喊话，质问齐国为何要废立君主。豫州刺史萧遥昌派参军崔庆远前来见魏主，两人一问一答，魏主被崔庆远怼得无话可说，十分佩服他。

随后，魏主率兵前往钟离，齐主也立即派兵支援钟离。

王广之与萧衍等人也赶往义阳支援萧诞，因为距离义阳城百余里地方都有魏军屯据，所以王广之等人不敢贸然出兵。

后来，萧衍等人再三恳请，王广之才同意让他们带领士兵救援义阳。萧衍为了迷惑魏军，在山间插满旗帜，号角声和鼓声齐鸣。

21. 萧鸾篡位

魏军见状以为是齐国援军赶到，不敢继续进攻，后来，义阳城内的士兵与萧衍等人带领的士兵前后夹击魏军，魏军大败，冲出重围逃走了。

魏主当时在钟离城内，还没有接到义阳战败的消息，他派使者临江传达檄文，历数齐主萧鸾的罪状，然后亲自率军围攻钟离。

钟离守将萧惠休有谋略，加上齐国援军已经赶到，魏军与他们相持了十多天，也没讨到便宜，反而战死不少士兵。

无奈之下，魏主率军北归，北魏的南征以失败告终。

回来之后，魏主对国家实行了一系列汉化政策，还将拓跋姓改为元姓。

22. 齐魏两国易主

萧谌（chén）是帮助萧鸾篡位成功的一大功臣，萧鸾曾经许诺萧谌事成之后让他当扬州刺史，可萧鸾称帝之后就食言了，萧谌感到很失望。

一次，萧谌与友人聊天时谈到这件事，就顺口说了句："我自己做好了饭菜，却送给了别人。"

想不到，萧谌的这番话传到了齐主的耳朵里，齐主对萧谌自然起了疑心。萧谌的兄弟都是为国效力的功臣，齐主萧鸾对萧谌一直隐忍。

可萧谌却不知死活，仗着有功，大肆干预朝政，这更加导致齐主对他的怨恨加深了。

在一次宴会结束后，萧谌前脚回到尚书省，后脚就有诏令传来，说要赐死他。萧谌听完圣旨后，惊慌失措，但想到事情已经成定局，无奈之下服毒自尽。

萧谌死后，尚书令王晏（yàn）趁机独揽大权，同样招来齐主的猜忌。后来朝中大臣多次向齐主报告王晏有谋反之心，齐主听后直接下令将他处死。

魏主元宏听闻萧鸾接连杀害朝中大臣，又想趁齐内乱发动战争，他征得二十万民兵以后，亲自领军向着襄阳进发了。

22. 齐魏两国易主

魏军途经南阳，一鼓作气攻克了外围，齐将房伯玉在内城率领士兵奋起抵御。魏主命人传话给房伯玉："这次南征如果不成功，我们绝不回去，你这座城池是我们的第一站，我们非去不可！"

面对魏主的挑衅，房伯玉丝毫不慌，还派人去偷袭魏主，幸好北魏大将及时营救，魏主才逃出困境。

随后，魏主派王元禧继续攻打南阳，自己则领军赶往新野。

新野太守领着城内的将士严防死守，魏主攻了好几次都没有成功。

齐主萧鸾听说魏军来犯，急忙派遣将士去各地加强防守。大臣裴叔业提议入侵北魏边境，魏主自然回去相救，这样就可以牵制住魏军了，齐主萧鸾觉得这是一条妙计，便令裴叔业立即行动。

裴叔业一面率兵攻打北魏的虹城，一面派人攻打太仓口。结果，前往太仓口的士兵被魏军击杀了大半，只有几个逃兵跑回去将此事告知了裴叔业。

魏主这边接连收到捷报，十分高兴。随后，魏主命统军李佐急攻新野，新野太守抵挡不住魏军的进攻，战败被杀。

接着，魏主又转攻南阳，守将房伯玉见自己势单力薄，竟然主动向魏军投降。

齐主萧鸾听闻新野、南阳相继失守，急忙派遣萧衍等人去救援襄阳。齐将崔慧景见魏军人多势众，偷偷带着自己的部将逃走了，剩下的将士也相继逃跑。

面对来势汹汹的魏军，齐军完全抵抗不住，基本上没几场胜仗。齐主萧鸾接连听闻战败的噩耗，渐渐地忧郁成疾，不能上朝，宗室的各位王爷也都来向齐主问安。

等萧遥光进来的时候，齐主萧鸾跟他说起高帝和武帝的子孙会威胁萧氏的统治，萧遥光立刻在一旁怂恿齐主要杀尽高帝、武帝的

子孙以绝后患，齐主听取了他的建议。

于是，萧遥光趁着萧鸾卧病在床，将高帝、武帝子孙中享有官位的全部杀害。

其实，萧遥光这样做是怀有私心的，他是想借萧鸾的手除掉高帝、武帝的后裔，然后再等萧鸾去世，除掉萧鸾的子孙，这样他就可以更容易地夺取齐室江山了。

大司马王敬则看宫中诸多变故，害怕齐主会对自己下手，一直十分忧心。王敬则的女婿谢朓（tiǎo）和王敬则的儿子王幼隆相约一同起事，哪知谢朓竟然向齐主告了密，齐主立即决定发兵征讨王敬则。

王敬则也没有坐以待毙，他即刻起兵造反，还声称要拥立南康侯萧子恪为君主。

南康侯萧子恪原本是没有与王敬则串通谋反的，只是王敬则打

22. 齐魏两国易主

着他的名号起事。萧子恪听到京都传闻要杀尽高帝、武帝的子孙,于是立刻赶往京都向齐主自辩清白。

齐主收到萧子恪的诉状,立即下令不准妄杀一人,并将他们全部送回府邸。

不久,王敬则从浙江出发,叛军人数已经多达十万人,于是齐主萧鸾立即派各军做好防备。齐军与王敬则的军队交战,王敬则的军队很快被击退。

王敬则也被杀,其余的叛党死的死,逃的逃,这场叛乱就这样结束了。

当时齐主已经病重,同年七月,齐主病死在正福殿,时年四十七岁。临死之前齐主已经写好遗诏,命可信赖的人辅佐新帝。

齐主还当面嘱托太子萧宝卷:"做事情不要落于人后,必须谨记啊!"萧宝卷听后含泪将父亲的教诲记在心中。

太子萧宝卷天性喜爱玩乐,不爱读书。他继位以后,也不想用心管理朝政,仍旧喜欢与宦官、宫妾嬉戏打闹。

魏主元宏听闻齐主去世,还下了一道诏令,大意是说不趁着邻国丧葬期间去讨伐。

魏主班师回朝前就知道皇后对自己不忠,他正月初回到洛阳,第一件事就是派人拿下冯皇后的情夫高菩萨,审问之后,高菩萨招出皇后诅咒魏主速死之事,魏主气得不行,旧病复发了,只得卧床休养。

后来,魏主仍旧顾念太后的恩情,没有将冯皇后处死,但是处死了皇后的情夫高菩萨。

这时,魏主的病已经慢慢痊愈了,他听闻齐军已经夺去两座城池,便亲自指挥作战,杀得齐军大败逃走。魏主虽然感到欣慰,但因为长途跋涉加上本就患有旧疾,这次病得更重了。

彭城王元勰（xié）尽心尽责服侍病重的魏主，但魏主的病情一点也不见好转。魏主深知自己时日不多，便嘱托元勰让他好好辅佐太子。

元勰害怕遭到猜忌被杀辜负了魏主的期望，于是含泪拒绝了。魏主随即颤抖着写下手谕递给元勰说："你将这个交给太子，应该可以让你免去灾祸了。"

后来，元勰按照魏主的口述写好诏书，魏主还没来得及看就与世长辞了，年仅三十三岁。

魏主死后，彭城王元勰与任城王商议秘不发丧，以免引起动乱。另外，派人传诏太子来鲁阳，太子到达以后，元勰等人才发丧换上丧服，随后辅佐太子登上帝位。

 ## 23. 萧宝卷自食恶果

齐主萧宝卷继位以后共有萧遥光等六人辅佐朝政。

萧衍曾私下说道:"一个国家三位重臣辅政都不得安宁,如今六位显贵同朝,必定会有灾祸降临了,现在只好同萧懿一起商议对策了!"萧懿是萧衍的哥哥。

此后,萧衍便开始秘密招募将士,制造兵器。

不久,萧懿被罢免益州刺史一职,萧衍立即派张弘策去劝说萧懿:"新主并非明君,时间一久必定会大肆杀戮,我们兄弟应该趁朝廷还没有猜疑之心,趁早打算,为自己谋求后路。"萧懿听后默不作声,只是摇摇头。

张弘策又接着说道:"你们兄弟英勇无敌,想要废立昏君那是易如反掌之事,你应该为自己考虑考虑啊!"

萧懿勃然大怒,说道:"我只知道忠于君主,不知道其他的!"

张弘策见劝说无果只好回去禀告,萧衍叹息了半天。

过了一段时间,发生了江祏(shí)和江祀被诛杀一事,两人是同胞兄弟,受命辅佐萧宝卷,后来江祏见萧宝卷昏庸无能便想改立江夏王萧宝玄为主,他与刘暄意见不合就转头找萧遥光商议去了。

萧遥光本就想自己当皇帝,在他的一番旁敲侧击之下,江祏明

白了他的意图便告辞离开了，江祀也同意推立萧遥光。

后来，萧遥光派人拉拢谢朓，谢朓不敢与他们为伍，于是对刘暄说了萧遥光等人的密谋。哪知，刘暄随后就把这事告诉给了萧遥光和江祐。

江祐等人当然不会放过谢朓，他们给谢朓列出数条罪状后将他送进了牢狱，随后，谢朓自杀而亡。

萧遥光正想发动政变，不想他的同伙刘暄又变卦了。萧遥光知道后对刘暄恨之入骨，立马派人刺杀刘暄。

刘暄命大躲过一劫，他知道是萧遥光要害自己后，想出了一条绝好的计策，他向萧宝卷告发了江祐兄弟的罪状。萧宝卷立即派人抓捕江祐兄弟，不久，兄弟俩就被处死。

此时孤立无援的萧遥光内心无比惊慌，竟然直接称病，不问朝中之事了。后来，为了自保的萧遥光还是发动了叛乱，失败被杀。

接着，大臣萧坦之仗着自己功劳大，十分骄纵。萧宝卷身边的宠臣又一直说萧坦之的坏话，不久之后，萧宝卷赐死了萧坦之。

刘暄也没落到好下场，萧宝卷觉得他也会威胁自己的皇位，于是命人将刘暄也杀了。

大臣曹虎家财万贯，萧宝卷看着眼红，一道密旨处死了曹虎，并且将他家的财产占为己有。

萧遥光死后不到一个月，萧宝卷就处死了三人，其他大臣也日日提心吊胆。

随后，又赐死了沈昭略、徐孝嗣和沈文季三位大臣，此时同朝的六位权贵只剩下太尉陈显达。

后来朝中诛杀权贵的消息传出，陈显达忙与亲信商议，打算拥立建安王为主，而且即日就出兵。两军交战以后陈显达因为寡不敌众，战败而亡。

23. 萧宝卷自食恶果

豫州刺史裴叔业害怕自己会受到同样的迫害，转头投靠了北魏。齐主当然气急败坏，立即下令崔慧景领军讨伐裴叔业。

哪知这崔慧景也想造反，他与江夏王萧宝玄勾结企图废掉萧宝卷，结果以失败告终，崔慧景和萧宝玄先后被斩杀。

齐主萧宝卷消灭叛党以后更加为所欲为，残忍至极，他身边的亲信和爱妃也全都恃宠而骄，目中无人。

萧懿平定崔慧景等叛军以后得到齐主的重用，后因齐主身边小人的挑唆，齐主对萧氏兄弟起了疑心，先是萧懿被赐死，后是萧懿的弟弟也被处死。

萧衍得知这一切后立即号召部下讨伐齐主萧宝卷，他正在出兵的时候得知朝廷派将军刘山阳与萧颖胄一起来攻打荆州。于是萧衍一方面派手下王天虎赶往江陵，另一方面派人联系萧颖胄共同起事。

此时的萧颖胄再三考虑之后决定响应萧衍，他随后迎立十三岁的萧宝融为帝，而且与萧衍约好时间一起进攻建康。

转眼到了约定起事的时间，萧颖胄却派人告知萧衍延期出兵。

萧衍勃然大怒，说道："行军打仗靠的是一鼓作气，现在事情已经到了这个地步，哪有延期的道理？"

南康王萧宝融只好发檄文，举兵起义，萧衍也号召各路人马准备发兵。齐主萧宝卷听闻立即下令讨伐荆、雍二州。

永光三年（前41年），南康王萧宝融自称相国，他任命萧颖胄为镇军将军，萧衍为征东将军。

萧衍的大军一路从襄阳出发到达竟陵，他调兵遣将派一路军队攻打郢城，自己则带兵围攻鲁山。

此时，南康王萧宝融已经在萧颖胄等人的劝说下在江陵继位称帝了，萧宝融对萧颖胄和萧衍等人都各有封赏。

萧宝卷接到郢城守将的求援信，立即派吴子阳领军前去援救郢城。吴子阳的军队在距离郢城三十里的地方安营扎寨。萧衍知道以后派军队夜袭吴子阳，吴子阳毫无防备，落荒而逃。

郢城被困数月后，选择向萧衍大军投降，鲁山也被萧衍一举拿下。

这般危急的时刻，萧宝卷还整日饮酒作乐毫无危机感，而萧衍攻下寻阳后接着转攻建康。

萧宝卷根本没把萧衍放在眼里，只准备了一百多天的军粮。两军交战数次，萧宝卷派出的大军节节败退，不少守将见状也都投降了。

战况后来已到了十万火急的地步，萧宝卷却不采取行动，反而跑去拜神求佛。众将士全都怨声载道，萧宝卷还听信谗言，想要杀掉大臣以振军威。

军中的大臣听到风声，惊恐万分，他们与萧衍里应外合一起杀掉了萧宝卷，萧宝卷死的时候才十九岁，萧宝卷的党羽和潘贵妃等人全部抓获。

24. 梁魏纷争

除掉萧宝卷以后,萧衍开始一揽朝政大权。

萧衍的手下沈约劝萧衍说:"此时正是天时地利人和,您应该瞅着机会夺取帝位,不然将来可要后悔了!"

听了沈约的话,萧衍有些动心了,他又召来范云商量这件事,范云与沈约的想法是一样的,于是萧衍开始篡位的计划了。

没过多久,萧衍就被封为梁王。一个月以后,范云见萧衍还没有准备受禅,十分着急,打探一番后才得知萧衍沉溺于酒色之中。

后来经过范云等人的劝说,萧衍才下定决心篡位,随后,萧宝融被迫禅位,萧衍登基称帝,并改国号为梁。

为了除掉后患,萧衍派人杀害了萧宝融。萧齐从萧道成建国到萧宝融亡国,共计二十三年,总共经历了七位皇帝。

梁主萧衍登上帝位以后,对有功之臣大加封赏,他的儿子萧统被立为皇太子。萧衍勤俭节约,任用贤才,梁廷政吏一片清明。

不久,江州刺史陈伯之造反,他兵败之后逃到了北魏。齐建安王萧宝夤(yín)也投奔了北魏并请求魏主出兵讨萧衍,北魏的任城王元澄将陈伯之与萧宝夤一起送到了洛阳。

魏主元恪本就有南征之心,加上陈伯之与萧宝夤两人的再三

恳请，他最终同意出兵。

随后，魏军接连攻下数城，却在阜陵吃了亏，阜城守将冯道根智勇双全，杀得魏军大败而逃。

第二年二月，任城王元澄率兵攻打钟离，无功而返。接着魏军经过艰苦的战斗攻克了义阳，平靖、武阳、黄岘的守将见状也纷纷弃城逃走了。

后来，北魏的王足等人向萧衍投降，萧衍才知道北魏时局动荡，他打算趁机向北进攻。

北魏自从十六岁的元恪继位后，朝中大权都被外戚掌握在手中。

魏主听说梁军大举进攻，下令元英和刑峦俩人率大军抵御梁军。

萧梁这次的反攻十分凶猛，北魏的徐州、梁城、合肥、霍邱等地接连被拿下。梁主接到捷报，高兴得乐开了花。

但胜败乃兵家常事，北魏也鼓足士气，打了几场胜仗。

临川王萧宏屯兵在洛口，听说梁军逼近，竟然打起了退堂鼓，偷偷带着几名亲信逃跑了。

将士们失去主帅，当然四散奔逃，萧宏逃到白石垒后投奔了临汝侯萧渊猷（yóu）。

梁主得知萧宏大军溃散，急忙派军在钟离设防，魏主则下令各军乘胜追击，北魏大军在围攻钟离数月后没有任何进展。

梁将昌义之一直与将士拼死守城，他害怕魏军会派援军，所以立即派人向朝廷请求支援，梁主立即派将军曹景宗率二十万大军支援钟离。

随后，梁将曹景宗与豫州刺史韦睿会师，两将相处十分和谐。

梁主得知以后，欣慰地说道："这下胜利在望了啊！"

24. 梁魏纷争

后来，元英的大军与韦睿的大军交战数次，也没有分出胜负来。朝廷命韦睿采用火攻的计策攻打魏军，结果魏军大败，梁军缴获无数军粮器械和牲畜。

曹景宗等人凯旋以后，梁主即刻准备好庆功宴，接着对曹景宗、韦睿等人进行了封赏。

而打了败仗的元英和萧宝夤被贬为了平民。

魏主元恪宠信高肇和高贵嫔，听信小人的谗言，把军国大事都交给了宠臣办理。

高贵嫔是一位心狠手辣的妇人，她暗中害死原本受魏主宠爱的皇后于氏和她所生的皇子，坐上了皇后的位置。而高肇仗着得宠，在朝中嚣张跋扈，颠倒黑白，惹得怨声四起。

高肇经常向魏主揭发京兆王元愉的罪行，魏主因此贬了元愉的官，元愉怀恨在心，竟然起兵谋反，自称皇帝。

不久,元愉被抓获自尽而亡,他的四个孩子被赦免。

李平在平定元愉的叛乱中功不可没,但被高肇等人上奏弹劾,这位功臣居然又成了罪臣,魏主果真是被蒙蔽了眼睛,不辨是非。

北魏与萧梁两国的战争还在持续着,不少地方的魏军接连向萧梁投降。北魏郢、冀二州属境,从悬瓠以南到安陆全都被梁国占据,只有义阳城是属于北魏的。

梁主因为连年征战,国力空虚,他释放了北魏的中书舍人董绍,让他回去告诉魏主梁国愿意与北魏重修于好。

魏主没有同意,南北双方依然处于战乱之中。

魏主元恪宠信的高贵嫔善妒,不准后宫的妃子服侍魏主,她生下一儿一女,但儿子很早就去世了,因后继无人,魏主难免焦虑万分。

后来妃子胡充华博得魏主的欢心竟然生下一个儿子,魏主给他取名叫元诩(xǔ)。为了防止元诩发生不测,魏主将儿子交由奶妈抚养,高皇后和生母胡充华都不能去探望。

元诩三岁的时候被立为太子,魏主还改变旧制没有处死太子的母亲胡充华。

延昌四年(515年)正月,高肇被魏主派去攻打益州,许久没有回信,魏主元恪却身患重病,诊治无效,短短三天之后就去世了。

随后太子元诩在崔光等人的拥护下登基称帝,第二天,元诩就大赦天下,并召回出征的各路军队。

朝中大臣因为太子年幼不能亲政,便想请高洋王元雍和任城王元澄共同辅政,哪知高肇的亲信王显从中作梗,最后被处死。

此时在外出征的高肇已经回来了,高洋王与人密谋除掉了这位奸邪小人。高肇被杀后,胡太妃想趁机报复高太后,她与于忠等人商议逼迫高太后削发为尼。

  随后，新主封母亲胡太妃为皇太后，于忠、崔光等人也都被加官晋爵，他们都是有功于胡氏的人。

  不久，于忠和崔光等人又奏请太后垂帘听政，太后欣然答应。胡太后本就聪明伶俐，思维敏捷，她还精通骑射，多才多艺，治理朝堂之事自然是游刃有余了。

25. 北魏内乱

胡太后听政没多久竟然自称朕，群臣也都曲意逢迎，称她为陛下。她还代替新主亲自主持祭祀活动，俨然把自己当成了真皇帝。

历朝妇女多半信佛，胡太后也不例外，她令人建造了两座寺庙，极尽辉煌奢侈，朝中大臣劝谏太后减少修建寺庙的费用，但都石沉大海。

北魏的宦官刘腾深受太后宠信，他也开始干涉朝政，买卖官位了。清河王元怿（yì）刚正不阿，他看不惯刘腾的所作所为，一直压制着他。

朝中的大臣元义（yì）也被元怿压制，于是他联合刘腾，诬陷元怿，并将他处死。胡太后也被他们幽禁起来，饥寒交迫，哭泣着说道："养虎为患才导致我今日的下场啊！"

这时候，任城王元澄已经去世，元义与高洋王元雍等人共同掌管朝政。

元熙是中山王元英的长子，元英死后，元熙承袭爵位。元熙与元怿交情很深厚，他听说元怿被害，立即起兵声讨元义和刘腾。无奈元熙被人出卖惨遭杀害，这次起义也以失败告终。

将军奚康生想设计除掉元义，无奈事情败露，奚康生和他的儿子都被杀害。刘腾也在这之后被晋升为司空，当官期间更是敛财百万。

不久后,元义发兵征讨柔然,可结果反被夷敌所制。

后来,各方相继发生叛乱,魏主得到消息,立即派军北行镇压叛乱。

不久,酋长尔朱荣召集众人击败了叛军乞伏莫于,尔朱荣向魏廷上报了此事,魏主立即封他为博陵郡公,随后又封他为公爵。从此,尔朱荣暗下决心想要干一番事业,于是他拿出所有积蓄,广交天下豪杰。

梁主萧衍想趁北魏朝局动荡,侵略中原,两军又开始了连年的交战。

宦官刘腾和司徒崔光相继去世,元义又贪酒好色,他还经常出去玩乐,一去就是好几天。

胡太后见状转忧为喜,她知道自己的机会来了。胡太后趁元义

外出，设法让魏主陪她聊到半夜，她建议魏主早日除掉元义，于是两人密谋除掉元义，他们陆续将元义在朝中的亲信调到了外地。

正光六年（525年），胡太后又一次临朝听政，随后就将元义贬为平民，后来处死了他。

重获自由的胡太后又开始为所欲为了，她经常出游时穿着华丽，头戴珠玉。侍中元顺当面劝谏她："妇人没了丈夫，头上不要装饰得太华丽，衣服也要素净一些，您母仪天下，要为后世做一个好的榜样啊！"

胡太后听后当然有一些不悦，她身边的小人也常常诋毁诬陷元顺。

豫章王萧综发现自己是东昏侯的遗腹子后果断投奔了北魏，而且受到了魏主的封赏。

当时，北魏的内忧外患接连不断，魏主特命杨津率军抵挡葛荣，又派博陵郡公尔朱荣为安北将军，让他督管恒、朔二州军事，渐渐地尔朱荣的兵力越来越强盛了。

尔朱荣在肆州得到贺拔胜、贺拔岳兄弟后高兴极了。魏廷想利用尔朱荣平定北方，殊不知他也有一统天下的野心。

大都督萧宝夤征战数年，也没有取得什么战绩。这次，他又派人去收复秦州，无奈没有成功。

后来，萧宝夤在战斗中全军溃败，魏主得知后，直接将他贬为庶人。

两军交战形势十分激烈，但魏主和胡太后也只顾自己享乐，根本没把国家大事放在第一位。

魏廷在急需人才的时刻又重新起用了萧宝夤，哪知萧宝夤居然起兵造反了。

中尉郦（lì）道元是一位刚正不阿的人，对皇亲国戚也毫不避讳，朝廷安排他去镇压萧宝夤，萧宝夤派人斩杀了郦道元，他还上奏朝廷说郦道元是被贼人杀害的。

长史毛遐召集将士抵御萧宝夤，萧宝夤也派将军卢祖迁攻打毛遐。

不久，萧宝夤就称帝了，他穿着皇帝的衣服在南郊举办登基大典，哪知仪式还没办完就听见毛遐战败的消息。

后来萧宝夤出城迎战，士兵还没开打就逃了，萧宝夤也带着妻儿去投奔匈奴去了，还被他们封为太傅。

魏主元诩渐渐长大也知道了一些胡太后的丑事，胡太后害怕魏主身边的宠臣会把自己的事情全部抖搂给魏主，十分忧心，干脆就把他杀掉了。元诩看着自己的宠臣无缘无故被杀，愤恨不已，渐渐母子之间出现了一些隔阂。

尔朱荣的女儿被魏主迎入宫，册封为嫔，魏主又给尔朱荣升了官。

后来，魏主将朝廷之事都交给了尔朱荣管理，怀硕镇函史高欢来投奔尔朱荣，渐渐成了尔朱荣的心腹，他还建议尔朱荣趁乱世成就霸业，尔朱荣听后无比心动。

都督贺拔岳也怂恿尔朱荣赶紧行动，尔朱荣随后就部署兵马，准备向京都进发。

26. 尔朱荣惨死

尔朱荣正在出兵的途中，突然收到从宫中传出的哀诏，魏主突然暴死。

原来是胡太后再次摄政，为了独揽大权，与徐纥（hé）勾结，毒死了魏主元诩，并计划另立皇子。

尔朱荣听到一些消息后，认为别人都不合适，唯一可以接皇位的人应该是彭城王元勰的第三个儿子元子攸，他最有声望，民众都信服他。于是暗中派人去洛阳联系元子攸，并悄悄地把元子攸迎接出都城。

将士们一见到元子攸都高呼万岁。于是元子攸带着尔朱荣的队伍渡河南行。并在途中设坛称帝受拜。

河桥守将见主子到来，忙开门迎接，接着周围的几个县城的守将也都来投奔了元子攸。受胡太后之令前来追赶元子攸的北魏军队，孤立无援，只好退军。

徐纥见情况不妙，带着家眷悄悄逃走了，郑俨也逃回了老家，胡太后的两个心腹都逃了，急得像热锅上的蚂蚁。为逃脱罪责，胡太后削发为尼。

尔朱荣并没有放过胡太后，派人将胡太后连同幼主一起扔进江里喂鱼了。一天，尔朱荣的一个下属对他谏言："大王如此顺利进

26. 尔朱荣惨死

入洛阳城，但朝廷数百官员，你不能笼络人心，如果不下狠心，时间长了对你是一个极大的威胁。"

尔朱荣听了点点头，把自己的意思告诉了心腹大将慕容绍宗。慕容绍宗说："正因为胡太后揽权，滥杀无辜，不得人心，你这次兵变才这么顺利。若不问青红皂白，把百官都杀了，会怨声很大，这不是件好事。"

尔朱荣没听慕容绍宗的忠告，假装以新主元子攸的名义下诏，召见朝廷文武百官，只说是祭天，等人到齐，尔朱荣一声令下，士兵把这些人全杀了。

尔朱荣还高喊："元氏该灭，尔朱当兴。"

士兵们也附和着高呼万岁。

尔朱荣胁迫新主元子攸迁往河桥，把他软禁起来。

这时高欢出来讨好尔朱荣，劝他早点出来称帝，可尔朱荣担心有人不服。当晚，他让人为自己铸铜像，可一连四次都没弄成功，这让尔朱荣更加不敢轻举妄动了。

次日，他亲迎新主元子攸进入东宫洛阳，接受登基大典，改元建义。

新主元子攸想册立皇后，身边的侍臣建议最好册立尔朱荣的女儿为后。

尔朱荣听到消息感到很高兴，当即把女儿送到宫里。

尔朱荣想去镇守晋阳，于是启奏主子元子攸。当着主子的面，几杯酒下肚，尔朱荣跪在地上发誓："我尔朱荣对主子没任何不安分之心，请主子放心。"

元子攸趁着酒劲，一边牵着尔朱荣的手，一边安慰道："我知道的，外面虽有说辞，但我不相信，你也不必担心。"

尔朱荣听了感到很欣慰，喝得大醉。

元子攸听到尔朱荣此时正鼾声如雷，联想到尔朱荣前面对待自己的情景，不免心中的恨意油然而生，此时就想一刀杀了他，正准备刀刺过去时，被左右劝下来了。

一位臣子说道："主子登位，尔朱荣是立了功的。若主子这个时候把他给杀了，恐怕他的下属不服，日后会坏了主子的事。"

魏主元子攸听劝，没有动手。

这时，尔朱荣酒醒了，他听到主子有了杀他之意，心里很不安定，于是匆匆离开，先回了晋阳。

一段时间内，尔朱荣为朝廷平定了多次叛乱，在朝廷威望越来越高，持功居高，他人不在朝廷里，但在朝廷里安放了好多眼线，魏主的一举一动，他都清清楚楚。好多人事方面任命的事，也直接插手。

全国官员的调整任命，都要以他的意见为主。他让自己的表弟尔朱世隆出任吏部要职，元子攸坚决不允，这可真把尔朱荣气坏了。

魏主元子攸感到万般不高兴，他外受强臣的控制，内有悍后的逼迫，加上还有一个不大听招呼的臣子元天穆也是个后患，新主常为此事闷闷不乐，寝食难安。

这时一个亲近的臣子给元子攸出了个主意："皇后怀孕了，这不正是个下手除掉尔朱荣的好机会？"

魏主元子攸一听，觉得可以，"皇后孕期只有九个月，这不足月份呀？"

臣子安慰主子道："这个大可不必担心，女子怀孕九个月产子也是很正常的，您就下诏说皇后已产一皇子，天下大喜事，尔朱荣一定会相信的，召尔朱荣进殿，在宫中埋伏重兵，等他进来，就可让他人头落地。"

26. 尔朱荣惨死

设伏甲 定诛 除恶

魏主元子攸同意此计，安排人去给尔朱荣送喜信，又特意邀元天穆一同来喝喜酒庆贺。

尔朱荣得知女儿生了皇子，信以为真，高高兴兴地与大将军元天穆一同进殿贺喜。

他俩在魏主元子攸对面刚刚坐下，只见大厅四面涌出一众彪悍卫士，尔朱荣这时才感到事情不妙，急转身直冲魏主元子攸而来。

魏主元子攸早就拿起横放在膝下的刀，直接砍向尔朱荣。尔朱荣马上倒地，士兵们赶上来连补数刀，不可一世的尔朱荣，连哼都没来得及哼一声，已气绝身亡。元天穆也一同毙命。

一时间，朝廷内外欢呼声阵阵，消息也迅速传遍全国。

尔朱世隆知道哥哥被杀，自己也会有危险，慌忙带着尔朱荣的妻儿老小逃走……

27. 尔朱家覆灭

尔朱世隆逃走后与汾州刺史尔朱兆一起拥护长广王元晔称帝，并发兵攻打洛阳，俘虏了魏主元子攸。

晋州刺史高欢写信劝尔朱兆不要伤害魏主，尔朱兆不听，勒死了魏主。高欢假意帮助尔朱兆，实则骗走了他的部队。

高欢得到了部分尔朱兆的部队，加上他自己招兵买马，实力大增。他发出檄文，扬言讨伐尔朱氏。尔朱世隆看到檄文之后，抢先对高欢发起了进攻。

高欢得知尔朱家的部队在尔朱世隆的总调度下，分兵尔朱兆、尔朱仲远、尔朱天光、尔朱度律四将领各带领一路人马来袭，即召集自己的将领进行了战前动员，重新进行了战斗部署。他亲自统军从信都出发，抗御尔家军。

尔朱家的部队这些年来，人众马壮，众所周知。

能否抗御尔朱家的部队的这次进攻，高欢心里没谱，不免有些担心。这时，帐中参军窦泰看出了心事，上前建议道："高公，我们何不来个反间计，让尔朱家的部队的各路将领之间互相猜测，疑神疑鬼，搞乱他们思维，我军再寻找有利机会，各个击破尔朱家的部队！"

高欢听了参军窦（dòu）泰这么一说，觉得他的计策可行。

27. 尔朱家覆灭

于是，密遣几名心腹，分途四处造谣：东边说得神乎其神，说尔朱世隆与兄弟合伙要杀尔朱兆；西边传得像真的一样，传尔朱兆已与高欢有密谋，要除掉尔朱仲远……

如此这般，本来就对尔朱世隆擅自废黜元晔一事很是不满的尔朱兆，真的觉得尔朱世隆、尔朱仲远要联手来对付自己了。

十分狡诈的尔朱兆，为了进一步探听虚实，亲率轻骑精兵三百余，来到堂叔尔朱仲远军营侦察。

堂叔尔朱仲远见堂侄突然造访，一边寒暄、一边笑脸作陪，相迎尔朱兆进入营中。可堂侄尔朱兆这次来的行为，很是怪异，只见他进帐后，手握马鞭不离手，两只大眼睛环顾四周，神情不定，好像根本没听堂叔仲远在跟自己说什么，屁股不落座，茶水不沾嘴，连个客气话也没说，就火急火燎地匆匆策马离去……

堂叔尔朱仲远丈二和尚摸不着头脑，被堂侄尔朱兆搞得有点蒙，等尔朱仲远转过神来，堂侄尔朱兆已经走了该有二里地了。

为了搞明白，尔朱仲远连忙遣出参军斛（hú）斯椿、贺拔胜去追赶尔朱兆。人是追上了，但还没等斛斯椿开口问话，尔朱兆已下令："将他二人拿下！"

反了，反了，这还了得，受到惊吓的尔朱仲远、尔朱度律，没顾得上搞清楚来龙去脉，就带着自己的人马，向南方逃去。

虽说尔朱仲远、尔朱度律走了，削弱了尔家军力量，但总的兵力对比，高欢这边还是劣势。

高欢又很谨慎地征求段荣的儿子段韶（sháo）的意见，想听他怎么个说法。

段韶说："高公，你想想啊，这尔朱兆做了多少伤天害理的事情，得罪了多少人，早不得人心了；现在他堂叔尔朱仲远、尔朱度律已远他而去，另外尔朱天光还有点远，这是天赐良机呀，你还怕

什么？正是消灭尔朱兆的机会！"

高欢听了段韶一番话，随即率兵向尔朱兆发起进攻，经过一番激战，尔朱兆军大败，高欢又乘胜拿下邺城。

话说那边，尔朱世隆闻讯高欢已得邺城，心里很不是滋味，哪里能甘心啊，想联手几兄弟及逃回来的侄儿尔朱兆再伺机夺回邺城。

为了安抚稳住尔朱兆的心，尔朱世隆不但没有指责败下阵来的尔朱兆，也没有追究因其指挥失误而造成尔家军的重大损失，反而向魏主请求册立尔朱兆的女儿为皇后。

这该是多么大的喜讯，多么崇高的荣誉，对于堂叔尔朱世隆的恩德，尔朱兆感激不尽，一时激动，被高欢军队追击之痛，忘得一干二净。

经尔朱世隆一番苦劝，尔朱兆、尔朱天光、尔朱度律叔侄之

27. 尔朱家覆灭

间,也再度握手言欢。

尔朱世隆与兄弟尔朱仲远、尔朱度律、尔朱天光及堂侄尔朱兆谋划新的作战方案,四路大军将邺城团团围住,近二十万人马横列洹水两岸,营垒密布,战旗猎猎,好一个气派的阵势。

面对如此严峻的局面,高欢沉着应战。他手中的兵力,就是把所有的勤杂人员加一块也不过三万余人;他不得不把身边的护卫也都派了上去,都督高敖曹还动员了村庄里三千多名乡民上来助阵;高欢更是身先士卒,亲临一线督战。

尔家军先派尔朱兆前面叫阵,厉声挑战:"高欢,你个背信弃义的小人!"

高欢讥讽道:"笑话,我背信弃义?我们曾一起立誓,要保护好皇帝,现在好,你仁义?你说,皇帝在哪里?"

尔朱兆道:"尔朱荣将军被他们设计谋杀,我难道不能报此大仇?"

高欢反驳道:"你不知道,君要臣死,臣不得不死的道理?你堂叔尔朱荣早有谋反之心?尔朱荣罪该万死,还用得着你来报仇?"

尔朱兆早不耐烦了:"废什么话,你听好,今天就是你高欢的死期。"

只听战鼓擂鸣,令旗挥舞,人吼马叫,阵前两军,拼杀激烈。尔朱家的部队来势很猛,高欢险些招架不住。

这时,有人向高欢建议:选派出一支精锐小分队,偷袭尔朱家的部队后背,定可击败尔朱家的部队。高欢听取了建议,令从高敖曹与自己伯父高岳两军中,各抽调出一部分精悍士兵,神速绕道尔朱家的部队背后偷袭进攻,扰乱尔朱家的部队阵脚。

尔朱家的部队背后突然遭袭,士兵一时慌了手脚,不知所措,高欢军趁势反击,尔朱家的部队一个个丢盔弃甲,队伍溃不

成军……

尔朱兆见势不妙，策马西去，尔朱度律、尔朱天光逃去洛阳，尔朱仲远逃向了东郡。

高欢又令士兵搜杀尔朱家的部队余党。

当晚，尔朱世隆、尔朱彦伯的人头送到了高欢面前；尔朱度律、尔朱天光，先后被擒拿送往邺城，十几天后被杀死在了城外。

尔朱家的部队剩下尔朱兆，先落荒晋阳，又流窜秀容，后自缢身亡。

尔朱家的部队终落个被消灭殆尽的悲惨下场。

28. 高王魏主的较量

高欢灭尔家军有功,魏主对他进行表彰。可是,高欢非不感谢主恩,还要辞去天柱大将军的名号,且态度坚定。

魏主心里明镜似的,尔朱荣被诛,高欢心存阴影,所以就顺水推舟,同意了高欢的请求。

没过多久,魏主逐一清除了竞争对手,先逼元恭服毒,又毒死刚封为安定王的元朗、东海王元晔、汝南王元悦。为安抚高欢,他打算立高欢的女儿为皇后,这样,高欢就不会再动歪脑筋。于是立即派使者,给高欢送聘礼提亲。

高欢迁居晋阳,花费巨资修建了一座很漂亮的府宅。得知朝廷使臣到了,连忙出府相迎。一见来人,高欢笑了,原来是故交,又是握手,又是拥抱,十分亲昵。

朝廷派谁来了呢?原来是高欢的好朋友李元忠,两位故交饮茶叙旧事。

李元忠笑道:"当年我与高公起义,何等轰轰烈烈,一个字'爽',今非昔比了,整天无所事事,寂寞无聊啊。"

李元忠如此感叹,高欢听后也笑了,对一旁的陪客们大声说道:"你们听好,就是这个人,非逼我起义的。"

李元忠被逗得哈哈大笑,把一旁的陪客们都逗笑了。

高欢盛摆宴席款待李元忠，席间交谈甚欢，直到深夜。

酒足饭饱了，话也说得差不多了，接着李元忠就带着高欢的女儿返回洛阳复命。

女儿当了皇后，高欢的身价更高了，权势越大，更是张扬，就像尔朱荣似的，没把哪个放在眼里。

俗话说，树大招风。

斛斯椿是魏主身边的红人，哪里看得下去高欢这般姿态，他左看不顺眼，右看不舒服。

一天，斛斯椿见魏主好心情，又趁机对魏主说道："皇上，高欢越来越狂了，您可得小心呀！"

魏主于是派心腹秘密会见贺拔岳，下旨授予贺拔岳更大的权力，给贺拔胜也封了个地方一把手的官位。

有贺拔岳和贺拔胜兄弟俩护驾，魏主一点也不担心了，他心想高欢还能翻起个什么浪花来不成。

再说大臣高乾的父亲去世了，高乾趁机辞去职位回家服孝，不理朝中事务。他本想落个清净，哪晓得被魏主约谈。

魏主对高乾直言："我现在听到不少关于高欢的传言，心里很不安，我要与你结盟，共同对付高欢。"

高乾听了魏主的这番话，感觉莫名其妙，出于面子，没有当面回绝，他也没把这档子事告诉高欢。高乾回家后，一番思量，还是觉得告诉高欢防着点好。

高欢收信后，立马约高乾。毕竟两人有些交情，见面后高乾说："这情势对你很不利，最好啊，高公你能代位立主。"

高欢连忙上前，用袖口捂住高乾的嘴："不得这般瞎说！犯大忌啊，弄不好人头要落地。我去找上面，让你恢复官位。"

既然高欢不信魏主要对付他，高乾也没办法，就打道回洛

28. 高王魏主的较量

阳府。

高欢去见魏主,请魏主让高乾官复原职,魏主没有准奏,打了高欢的板子。

高乾得知高欢为自己请奏没有得到准允,预感有种不祥之兆。他又托高欢向上面再说个情,看能否调他到别的地方去任个什么闲职,混混日子。

这次,魏主同意了高欢的请托。但是,就在高乾急于离开洛阳这个是非之地时,魏主得知高乾把盟约之事向高欢泄了密。

这还了得,魏主气得直跺脚,急匆匆呼高欢入朝,没好气地说道:"你看看,你看看,这个高乾,我与他有个盟约,说得好好的,现在却出尔反尔,没一点诚信。"

高欢先前没听高乾提到过盟约之事,魏主这么一说,还误以为高乾在拨弄是非,挑拨上下级关系,把高乾写给自己的信全都呈上了。

魏主下旨高乾前来质对,面对自己亲笔信件物证,高乾只得认栽。

没几天,高乾被杀。

高欢明白了,这是魏主设的局,是自己亲手葬送了好友高乾的性命,悔恨万分。高欢知道,要想保证自己的安危,必须与贺拔岳建立联盟。

可是,贺将军想法不一样,他本就与魏主盟约在先,他的部下也认为高欢这人很阴险,不可信。此时大权在握的贺大将军根本不屑于与高欢结个什么盟,就是高欢想来讨个好,他也不会领情。

为了稳妥些,贺拔岳请宇文泰亲自去晋阳走一趟,侦察清楚高欢当下布局的情况。宇文泰很快就回来了,添油加醋地说:"高

欢确有篡权夺主的打算,但目前,他唯一担心的是贺将军两兄弟,只要提前准备好,还怕高欢不成?"

贺拔岳把自己的想法向魏主呈报,魏主听后,十分高兴。

高欢恨得牙齿咯咯地响。一个贺拔岳都不容易对付,要是他与侯莫陈悦再联手,那就更难招架了。

属将翟嵩(zhái sōng)见高欢十分忧虑,于是献策道:"何不用个反间计,让他们互相杀个痛快。若高公信得过,小可愿意效犬马之劳。"

高欢即派翟嵩去秦州。要说这翟嵩还真是个人才,凭他一张伶牙俐齿的铁嘴,硬是把反间计在贺拔岳与侯莫陈悦之间用得游刃有余。

贺拔岳因与曹泥的矛盾很深,欲前往攻击。邀约侯莫陈悦在高平会师,一同围歼曹军。表面上看,贺、陈两人谈得十分投机,

贺拔岳被诱身亡

28. 高王魏主的较量

实际上，二人各怀鬼胎，各自揣着小算盘。

侯莫陈悦先摆出高姿态，自己的陈家军作为先遣队，开拔安营扎寨。等贺将军到了，侯莫陈悦邀请贺拔岳将军入帐，说是叙谈军务。说话间，突然进来一人，来到贺拔岳身后，手起刀落，就只一刀，雄霸一方的贺将军就这样被刺身亡。

要问提刀进来的人是谁？不是别人，正是侯莫陈悦的女婿元洪景。他这一刀，确实助了高欢一臂之力。

贺拔岳之死，彻底搅乱了魏主精心对付高欢设的局。但怎么说，这也应是高欢的参军翟嵩的功劳。

29. 高王立新主

高欢得知贺拔岳被侯莫陈悦杀了,急忙派部下侯景去招抚贺拔岳的旧部。哪知,还是下手慢了些,这话说贺拔岳没有首领的散兵已被宇文泰抢了先,在平凉已安顿。

这不,侯景军与宇文泰军在路上碰了个正着。宇文泰见了高欢的队伍,气不打一处出。

宇文泰拦住侯景,厉声道:"你们也赶来了,想怎么样啊,想来拉队伍?"

侯景忙赔小心:"宇文将军,我就是个当兵的,按上面的吩咐办事。"

宇文泰怒道:"贺拔岳将军虽然死了,但我宇文泰还活着,有我在,你们就别想打什么歪心思。"

侯景不敢再说什么,连忙带着自己的人离去。

宇文泰既然来到了平凉,高欢安排属下张华原等人去慰劳,也好套个近乎。可宇文泰根本不买账。张华原回去向高欢汇报:"这个宇文泰不知好歹,不如趁机把他给灭了。"

高欢听了一笑:"这个我自有办法……"

再说侯莫陈悦杀死了贺拔岳,魏主召他回朝,说有要事商议。也不知侯莫陈悦是怎么样想的,他压根没应魏主的招呼。

29. 高王立新主

宇文泰知情后，对侯莫陈悦很是不满。

他给侯莫陈悦写了封措辞严厉的信："贺拔岳将军，是国家的有功之臣，对你也特别厚爱，你不就是他保荐才做的官？你非但不感恩，还把他给杀了，你忘恩负义。现在主子召唤，要我二人回朝，你什么态度？你这样就莫怪我对你不客气。"

侯莫陈悦寻思着，你宇文泰来威胁？我还懒得理你。

这下把宇文泰气坏了，立马下令攻打侯莫陈悦。这个时候又有一个人出来，帮了宇文泰的忙。此人是侯莫陈悦夫人的妹夫南秦州刺史李弼。

这世上有时候，真不好说个明白。李弼感觉到妻姐夫侯莫陈悦的末日已到，为了保全自己，他暗中与宇文泰联系好，只要攻城，他悄悄把城门打开，放宇文泰的士兵进城，这样要拿下侯莫陈悦，宇文泰可不费吹灰之力。

侯莫陈悦最后真的还只带了数十个人逃出城，在宇文泰士兵的追击之下，侯莫陈悦上吊自杀了。

宇文泰的势力越来越强大了，高欢也有些恐惧。

高欢想，我想套你近乎，你不吃这一套，那我现在花重金来收买你，又如何？

宇文泰根本不上高欢以重金诱惑的当。

魏主阅知宇文泰的奏折，下旨嘉奖了宇文泰，并委任为关西大都督，略阳县的一把手。宇文泰谢主恩德。后招兵买马，操练士兵，储备粮草，打算择时进攻高欢。

魏主不想来第二个尔朱荣，一心想除掉高欢。现在主要依靠宇文泰了。三思后，决定把自己的爱妹嫁给宇文泰；同时调贺拔胜率部来洛阳，共同抗击高欢；并下诏亲征，率各路大军十万余人，到河桥布防；还令斛斯椿、元斌之为左、右先锋，在北邙山一带安营

扎寨。

求功心切的斛斯椿请奏亲率轻骑两千,乘着夜幕渡河偷袭高欢,魏主准奏。

不知这斛斯椿得罪了什么人,有人向魏主打小报告:"主子啊,这斛斯椿一向行事诡异,准允他渡河灭了高欢,他会不会是下一个高欢呢?"魏主停止了斛斯椿的渡河行动,另派部将去滑台镇守。

原以为防守住了关键的河岸道口,高欢就过不了黄河。但没过两天,有奏报,高欢的军队已经从滑台渡河过来了。

魏主成了惊弓之鸟,匆匆回到洛阳,只带了几名妃妾向西逃去。

再说斛斯椿已经与高欢的军队相持,突然接到魏主召唤,立即返回觐见魏主,这时才清楚这一切都是元斌之从中搞的鬼。

原来元斌之与斛斯椿争权,想找机会整治斛斯椿,就偷偷从一线跑回来,谎报军情:言高欢已经从滑台渡过黄河,正一路打过来,这下真把魏主吓得不轻。

事情清楚了,斛斯椿深深地叹了一口气:"小人可恨。"无奈,他只好随主西奔,一路连水都没得喝的,进入潼关,才一顿饱餐。

宇文泰见魏主奔自己来了,连忙带一众将领出城迎接。

见到主子便下跪:"臣罪该万死,让您一路奔波!"

魏主连忙亲自扶起宇文泰:"请起,请起,今后我要把国家大事委托给你去做,你要好好帮我呀。"

宇文泰一边向魏主表决心,一边引导魏主进入了长安。魏主稍作安顿后,连发诏书,大赦天下,又封宇文泰为大将军,兼尚书令,可决断国家的军政大事。

率部镇守荆州的贺拔胜也打算向魏主靠拢,因沿途受到高欢部将的阻击,行动迟缓。后来高欢又攻克了潼关,贺拔胜已不能与高

29. 高王立新主

欢相抗衡，被逼无路可走，投奔了梁朝。

高欢先还是从国家大局出发的，奔波途中，一共向魏主递呈了四十多封奏书，但全部杳无音信。

回到洛阳后，高欢再次派心腹部将给魏主呈上奏书："陛下若答应返回洛阳，我将带领军政百官迎接；如若仍不作答复，国不可一日无主，那么，我高欢宁可得罪陛下，也不负国家。"

呈报奏书，肉包子打狗，有去无回。

高欢不得不召集军政要员百官，商议立新主事宜。

当百官议立新主时，差点闹出一则笑话。那清河王元亶（dǎn）早就觉得这新主子唯他莫属。

高欢向百官解释："嗣主应承继孝明帝元诩，这是原则问题，不能乱了次序。"

接着高欢又对元亶做工作："推立您当主子，不是不可，但要

是能推您的世子出任主子,是不是更妥些呢?"没等高欢把话说完,聚议厅内百官大臣们一致赞同高欢的意见。

元亶见如此丢人现眼,没面子,红着脸,低着头,悄悄离去,但还是让高欢派人做工作留下来了。

永熙三年(534年)冬,经军政百官的一致同意,高欢拥立了清河王元亶的世子十一岁的元善见为新主,改永熙三年为天平元年。

从此,魏朝一分为二,高欢所拥立的魏主,人们称为东魏主;宇文泰迎奉的魏主,人们称为西魏主。

 南北 | **30. 魏分东西**

永熙三年（534年），高欢回到洛阳，拥立了清河王世子十一岁的元善见为新主。这新主年龄小，当然不能管理朝政。虽说是主子，那也是摆设。朝中一切军政大权全落入高欢之手。

一天，高欢正上奏东魏主将朝中要员进行重新任命。忽然从西边传来警报：报奏宇文泰军队进攻潼关，杀死守将薛瑜，俘虏了七千多兵士。

高欢大惊，向东魏主提议赶快迁都晋阳，再不迁，恐怕会有危险。这东魏主还是个孩子，哪能明断何去何从。

一众大员们，更是没了脾气，他们知道高欢此时权力至高无上，他说往东，你不能往西，他说了要迁都，你能怎么着，跟着走吧。三天的时间，四十万户人家狼狈转移。

再说西魏主十分好色，宇文泰很是看不惯，惹怒了西魏主，宇文泰心中也不安宁。没过多日，西魏主突然觉得胸腹疼痛，一命呜呼。西魏主心腹知道这是宇文泰动的手脚，但没人敢吭声，此主在位不过三年，死时年仅二十五岁。

宇文泰又立南阳王元宝炬为西魏新主，颁诏大赦，改号大统。

此时的东西两魏，已经各据一方，而北方各镇官员，不知所措，东奔西投，忙着安家立身。

随后西魏主元宝炬派都督独孤信去招抚荆州。

东魏知情后,速派太守田八能去中途截击,哪知这田八能战不过独孤信,荆州被西魏军占领。

东魏高欢不服输,过些日后,又派侯景、高敖曹再去攻打荆州。这回交战,独孤信因寡不敌众,荆州又被高欢军队夺回来。

高欢听说了东荆州的都督赵刚归附了西魏,西魏主又召回了贺拔胜,并连加封官,下旨贺拔胜与宇文泰共同指挥军队,一切准备好,即向东魏发兵。

东魏不得不防。

高欢即下令儿子高澄去守护邺城、辅佐朝政;令高洋去把守晋阳。高欢认为这样布防,就不怕西魏来进攻了。

不巧,恰在这个时候,梁朝军队来进攻东魏境内。高欢急令侯景率领三万军队奔往彭城与梁朝军队交战。可梁朝士兵进攻猛烈,

30. 魏分东西

战败了侯景的军队,侯景关键时刻只顾自己性命,哪管士兵死活,向北逃跑。

高欢正一门心思对付西魏,得知侯景被梁军打败,心里有点急,现在哪有力量再来顾及梁朝的军队呢,想出了一条远交近攻的计策。远交,就是议和梁朝;近攻,就是打击西魏。于是,高欢派使者南下,与梁朝商谈修和。

梁主见高欢有修和之意,自己也不想多惹事了,得饶人处且饶人吧。答应与东魏修好,梁朝军队班师回朝,举国祥和。

没有了梁朝军队的添堵,让高欢腾出手来,重新布置各路人马,自己亲率轻骑万余人,直袭西魏的夏州。

巧的是,这时西魏也传出诏书,列出了高欢的二十条罪状,指日东征,要灭了他高欢。

高欢哪受得这个气,即下令各路大军西讨宇文泰。

谁是谁非?公说公有理,婆说婆有理,互不相让。高欢在气头上,不服输,先发制人,率军渡河向宇文泰发起进攻。

宇文泰率军迎战,行至陕西中部时,打探到高欢进攻意图:高欢想从三面成犄角之势,架桥过河,虚张声势,牵制西魏兵力,掩护窦泰带领精兵乘虚从西面而入。

窦泰是高欢的先锋将领,也是高欢的姨叔。

宇文泰了解这个窦泰,对手下将领说道:"这窦泰打仗很有经验,被人称为常胜将军。所以这人有点骄傲,不把对手放在眼里。如果我们能集中兵力,直袭窦泰军队,窦泰军队破了,高军即可不战而退。"

但将领们有不同的意见,宇文泰于是向侄子宇文深问计。

这宇文深爱习文弄武,特喜欢兵法。此时,宇文深同意叔父宇文泰的意见。于是西魏军深夜向窦泰来的方向进发。

西魏军队连夜赶路,距窦泰的军队驻地了。窦泰得知宇文泰的军队来了,果然仗着自己常胜将军,骁勇无敌,贸然出兵迎战。

宇文泰采用四面包围,诱敌出兵的计策,窦泰不知是计,一马当先,陷入重围。魏军顿时万箭齐发,窦泰的士兵,一个个倒下阵亡。窦泰自知突围无望,手握佩剑,自刎而死。

得知窦泰战死的消息,高欢心情难过,于是先带着人马撤回晋阳。

为了给窦泰报仇,高欢大张旗鼓,重整兵马,再次出兵。

宇文泰也不示弱,飞马到渭南,征调人马到沙苑一带集结。

高欢带着人马过来了,望去,西魏营阵见不到人影儿,没有一点动静,营旁芦苇高深,杂草丛生,泥泞四处,进攻堪难。高欢也曾考虑到西魏军有埋伏,欲先用火攻,把芦苇杂草全用火烧光,再

注:图中"临泽畔窦泰死战场"应为"陷泽畔窦泰死战场"。

30. 魏分东西

发动进攻。

可部将们不愿意了,愤然地说:"高公,我军人多势众,我军一百人捉他一个都还有余,哪还用得着火攻呢。"

高欢觉得不无道理,于是下令发起进攻。高军将领们为了争功,一拥而上,向西魏军营猛冲。

此时,一声炮响,西魏军营鼓声雷鸣,兵营里、芦苇丛中、杂草堆旁,凡是能藏人的地方,都有人举着刀叉剑戟,一起向高军冲杀而来。高欢的士兵被这阵势搞蒙了,还没回过神,死的死,伤的伤,倒下一片。

高欢急忙鸣金收兵,此战东魏损兵八万余。

接着,西魏军队乘胜进攻,接连攻占了东魏军在河南的多个州、镇要地。

31. 梁主萧衍留遗恨

高欢自从沙苑被西魏军大败之后,伤着了元气,休养了两三年。

西魏大统十二年(546年),高欢率东魏大军进攻玉壁,在并州刺史韦孝宽的防守下,高军五十多天攻城不破,损伤七万多众。这一仗让高欢的旧病复发,次年,卧床难起。

一天,高欢向儿子高澄安排后事时,感觉儿子高澄对河南的局面有些不安。

高欢问道:"高澄,你是担心侯景叛乱吧?"

高澄回答:"父王,是的。"

高欢伸出胳膊,拉着儿子的手,用微弱的声音说道:"侯景在河南飞扬跋扈十四年,除了我,再没人能制服他。将来能制住他的,只有慕容绍宗一个人,我没给他封高官,就是留给你来做这件事,你主事后要给他优厚的官职,委以重任,侯景再狡猾,在慕容绍宗面前也不敢造次。"

当晚,一切安排妥当了,享年五十二岁的高欢闭上了眼睛。

高澄遵照父王的遗命,没发讣告,假托高欢之口写了一封信,召侯景到晋阳来。

侯景足智多谋,特别能算计。他早年与高欢有个约定,凡高欢

31. 梁主萧衍留遗恨

赐书,略加小点为暗号。可这点高欢临终前却忘了交代,高澄不知情。侯景看信后,知道这里有变故,一边找理由,迟迟不肯出发;另一边派心腹四处打探。

不久,侯景得知高欢已故,于是决定反叛。他先与西魏联系,表示愿意献出河南归降,担心信送不到位,决定直接投奔梁国。

梁主萧衍看完侯景的书信后,召集群臣们商议。对于侯景的人品,大臣多数人是不认可的,如果接受这个叛贼,日后,会给梁国带来麻烦。

梁主倒认为侯景是个人才,不留下有些可惜,有些生气地说:"这时候侯景来投,正好是个机会。"

群臣还是不赞同,只有一个人站出来支持梁主:"大王圣明无人不知,所以南北都有人来归附,如果拒绝了侯景,那岂不是断了他人的念想,陛下不能犹豫了!"

这个人是谁,是一向喜欢曲意逢迎的奸臣朱异。

梁主听了朱异的谗言,接纳了侯景,封为大将军,并授侯景为河南王。

东魏高澄得知侯景叛变,即派军讨伐侯景。

侯景见东魏大军士气正旺,担心自己不敌,于是派人到西魏求救,表示可以割让四座城池,宇文泰同意派兵援救侯景。东魏将领听说西魏掺和进来了,怕抵不过两军的夹击,便引兵退回了邺城。

侯景求援西魏,怕他日受到梁主的责罚,于是先派人上表梁主。意思是说梁主的援军未到,自己为保存实力,不得不向西魏求援,以解眼前之急,同时自己有打算,抓住前来救援的西魏将领,送交梁主,可被西魏识破,已断绝关系。

梁主听了侯景的一番花言巧语,事情就算这样过去了。

一天,慕容绍宗大将军奉命抗击来进攻的梁军。东魏军打得梁军节节败退。

慕容绍宗想乘机进攻侯景,经数次交战,从冬天直到次年的春天,最后是慕容绍宗将军亲自出马,大败侯景。侯景好不容易渡过了涡水,发现身边仅剩心腹数人,无奈之下,怏怏向南逃跑。

梁主听说侯景战败,不知真假。大臣何敬容开口道:"陛下,如果侯景战死,那真的是梁国之大幸啊!"

太子惊问:"此话怎讲?"

何敬容激动起来:"太子呀,这侯景是反复无常的叛臣,有这种小人在,是要乱国的啊!"

大臣们你一言,我一语。是啊,他背叛高欢,又阴谋造反,他绝不是一个忠臣,这种人不能重用。

满朝官员一片忠心,句句掏心窝子的话,梁主就是没能听进去。

31. 梁主萧衍留遗恨

早前,侯景归顺梁主时,他的心腹王伟献策说过,与其坐着等死,不如干场轰轰烈烈的大事业。这话,让侯景动了歪心思,他有了造反的想法。

这时,正好听说临贺王萧正德聚集了一批将士,有谋反之意,于是连忙派人去挑拨萧正德与梁朝的关系,表示愿意拥立萧正德上位,臭味相投的两个人,一拍即合,立即谋划,择时造反。

世上没有不透风的墙,没过多久,有人抓了一个侯景的部将,供出侯景邀他一同谋反,提醒梁主要当心,尽早做好防备。朱异不信侯景能造反,他说服梁主把抓来的人放了。这下侯景胆子更大了,于是到处放出要造反的风声。

梁主听了侯景要造反的传言,非但不急,反而笑道:"你侯景有什么能耐?就你侯景能在我梁国造反?我只要拿一根马鞭,就能制服你,信不?"立即传令下去,只要砍了侯景脑袋者,加官晋爵。

此时,侯景已攻下谯州,转攻历阳。梁朝大臣羊侃奏请梁主派兵截住侯景渡江。朱异又出来劝阻道:"侯景一定不会渡江的,何必派兵呢?"

这回,梁主没听朱异的话,急令临贺王萧正德出征。萧正德求之不得,用了数十艘大船,运送了粮草、器械物资,前往接济侯景军队,侯景大喜,利用萧德正的船只,将军队渡河登岸。

不明城中情况,侯景又想使计,派人向梁主奏表说朱异玩弄权术,他愿意带兵入朝保护梁主,朱异这时才低头无语。

梁朝建国已经四十七年,一直平安无事,侯景的反叛,确实带来动荡,都城上下,惶惶不安。都城军民在羊侃的统一指挥下,对侯景军队进行抗击,两军相持了数日,侯景攻城不下。

侯景得知朝城中粮食物资绝尽,即令军队大举进攻。

一天,有人大喊:"城被攻陷了!"

侯景的军队进了都城,他纵兵入宫,诏告天下,封自己为大都督,统率全国军队。

朝里朝外,尽是侯景的士兵,这些不懂礼数的士兵遭到梁主的质问,士兵大声道:"我们都是候丞相的兵!"

梁主吼道:"哪来的候丞相?不就一个侯景罢了!"

这话传到侯景耳里,侯景当然很不高兴,令手下监视梁主衣食住行,慢慢食物越来越少。

梁主没想到自己会落得这般田地。该怨谁呢?全都是自己的错。早知如此,又何必当初?越想越悲伤,一病卧床不起。

太清三年五月,登基四十八年的萧衍,带着万般的悔恨逝去,享年八十六岁……

32. 北齐的建立

话说太清三年（549年）五月，89岁的梁主受制于侯景，被活活饿死。不久，江南旱灾、蝗虫灾害肆虐，百姓苦不堪言。

侯景却不顾百姓死活，只顾自己花天酒地，越来越多的人反叛。

梁国的萧正表首先投降东魏，后又有东徐、北青两个州相继归顺。就这样，东魏不费一兵一卒，连得数个州县的地盘。

东魏大将军高澄，想乘势一鼓作气攻下颍州。这颍州是西魏属地，由王思政把守。

高澄派高岳、慕容绍宗、刘丰生三人去进攻。

王思政与士兵同甘共苦，同吃同住，在他的带领防守下，高军多番进攻，都未能破城，慕容绍宗、刘丰生两位大将，也且被王思政军击毙，只剩一个高岳带着残兵败将匆匆逃去。

稍作调整，高澄亲自出阵督战。他命令士兵筑堤拦河，先后三次，把筑好的堤坝决口，让河水倒灌城中。王思政一时抢修不了，只好弃城上山，誓死保卫西魏领土。

高澄见有了机会，告示自己的将领们，谁要是能生擒西魏主帅，立马封侯，东魏将领们一个个踊跃登山。

王思政虽奋力阻击，还是顾了东面，却顾不了西面，退了北

坡之兵，西坡的敌人又上来了，他知道，今天算是没有退路了，悲伤地流下眼泪，对天说道："我王思政无能为力了，只能以死报国矣！"说完，仰天大哭，面向西磕头，后拔剑自刎。

这时，部下按住了他的剑，说道："将军，你不能这样，你要替我们一众人想想啊，何不先屈从高澄，然后再从长计议呢？"说着，就把王思政手中的剑夺了下来。

恰好，东魏军派来使者传高澄的口信，要专门宴请王将军。于是，王思政也顺梯子下坡，随东魏使者一同下山，骑马来到高澄营帐中。

高澄见王思政到来，忙上前相迎，并请王思政坐在他身边，不必拘礼。

大权在握的大将军高澄，对自己这般厚礼，足以见诚意，这让王思政十分感动，当即表示要归顺东魏。

王思政此话一出，让高澄开心了，忙对身边的将领们大声说道："今天，我得了颍州，并没什么了不得，反而让我更高兴的是，能得到王思政将军这个人才。"

高澄拿下颍州后，西魏将领赵贵受宇文泰之命，退兵回国。高澄也带着胜利东归。

高澄入朝拜见东魏主元善见，东魏主一边给高澄大将军接风，一边给高澄晋升丞相、特封为齐王，还令他都督内外诸军事要务。

随后，高澄择日回到晋阳高府，享受他的惬意快乐日子去了，又过了段日子，高澄觉得天天花天酒地还不够过瘾，一心想篡权夺位。

他心生一计，于是到邺城进见东魏主。此次进见东魏主干什么？他让东魏主立下太子，以此来试探，看东魏主心里是怎样在考虑的。

32. 北齐的建立

东魏主元善见还以为高澄是好意，是在为朝廷社稷考虑，就当即立下了皇子元长仁为太子。魏主元善见哪里知道，高澄是想让东魏主把位置让给他高澄，并不是要立元长仁当什么太子。高澄见自己是白费了心事，不得不与自己的心腹们谋划篡权夺位之事了。

一天，正当高澄与心腹们商议夺位事宜时，一名专门负责膳食的奴仆叫兰京的进来送食，高澄见他进来，非要把兰京赶走，一起谋划的心腹们不知高大将军哪来这么大的火气。

高澄说："我昨天晚上做了一个梦，就是这个人，非要来砍我的脑袋。今天，见了他，我就想杀了他，还用得着他来送饭吗？"几个心腹们一听，谁也不敢再发话。

可这个叫兰京的人好像没长记性，过了一会儿，他又进来了，刚要把食物放在桌上，高澄就大声骂："浑蛋，我不想吃你做的饭，叫你滚，你不滚远点，还进来干什么？"

说时迟，那时快，那兰京把食物往桌上一放，突然抽出一把刀来，猛地向高澄刺去："我来干什么？我来要你的狗命！"突然又冲进来一群人，都是来帮兰京杀高澄的，一阵乱刀之下，高澄大将军，已被砍成了一堆肉泥。

高洋得知了大哥高澄被杀的消息，立即派出自己的手下去捉拿兰京一众人，当然，砍杀高澄的人，一个也没能跑掉。

高洋有高洋的打算，他对外说："我哥高澄昨天受了伤，若没大的意外，性命还是不难保住的。"他下令心腹们把高澄的尸体用布盖好，看不出是死了的样子，并让士兵日夜守护四周，不允任何外人接近。

东魏元善见听说高澄已经死了，对身边的人说："高澄已经死了，这可是老天爷的特意安排呀，这国家的大权又归还我了。"

还没等东魏主的话落地，只见高洋带着八千精兵来拜见他，士兵个个手拿刀剑，凶如虎狼。这阵势吓得东魏主元善见没言语了，他心里非常清楚，这高洋是来者不善。

高洋见了东魏主元善见就开口道："主子，我家里有点事，想请您跟我回晋阳一趟。"没等主子元善见有反应，高洋已经起身离开了宫殿。

晋阳老臣们对高洋一向不看好，可这回他大哥高澄死后，这高洋像变了个人似的，谈笑风生，英姿勃发。众人方明白，高澄在位时，他是就着精明装糊涂，以假面目示人，现在好了，已经稳坐了哥哥高澄的位置；他无所忌惮了。

又过了一年，高洋见内外已安定，才为哥哥高澄办理丧事。主子元善见为了求个安逸，当众提拔高洋为丞相，掌管京城内外

32. 北齐的建立

一切军事，世袭为齐王。

高洋强迫东魏主下诏封他做相国，管理朝廷所有事务。

又过了数日，高洋直接逼迫东魏主元善见，脱下皇袍，走下皇帝宝座，禅位于他。

隔日，高洋举行隆重登基仪式，接受群臣百官朝拜。

他回到皇宫，更改年号，称为天保元年（550年），国号为齐。史学家为把齐与萧齐分开，称高洋的齐国为北齐。

南北 | 33. 侯景的可悲下场

话说梁主萧衍饿死后,侯景又推举太子萧纲继了皇位,梁国的大事小事,全都由侯景说了算。

侯景太霸道,越来越不得人心。举国上下,想讨伐这个奸贼的呼声很高。一马当先的一个人就是西江的将领陈霸先。

这之前,侯景想唆使广州刺史元景仲,合谋一起推翻梁朝。元景仲本想答应,但陈霸先坚决不同意,陈将军召集兵马,先是用计杀死了刺史元景仲,后又与几路豪杰共商大事。

陈霸先一呼百应,几路人马,数千人聚集到一起镇守广州。

陈霸先又派人走小道急赶江陵,向湘东王萧绎(yì)表态,愿意接受他的统率,执行他的号令,消灭奸贼侯景。

湘东王萧绎授陈霸先为大将,并令他首战讨伐南康,陈霸先这第一仗大获全胜,南康被湘东王萧绎收复。

侯景一看湘东王萧绎的势力范围越来越大,于是指令高州刺史李迁仕出兵夺回南康。

李迁仕收到侯景指令后,想到一个人,他是原高州大将冯宝,这冯宝是北燕后代,智勇双全,派他去攻打南康,是最佳人选。

正当冯宝将军的士兵要按令出兵时,冯宝将军的夫人冼氏出来劝他说:"将军,你想没想过呀?李刺史没有大事,是不会招用

33. 侯景的可悲下场

你的。"

将军问："夫人，听你说，该是何事？"

夫人道："将军，李刺史让你带兵去进攻南康，这是要拉你下水，这是明摆着要让你吃亏啊，你怎么能说去就去呢？"

将军略思一会，又问："夫人，依你看，我该如何是好？"

夫人笑了笑，说道："将军，你可暂按兵不动，先看看动静，而后再作决定。"夫人又在将军耳边悄悄地说了一番，同意了夫人建议。

李刺史又来催令，冯将军一边推说自己患有疾病，不能出战。一边精心安排其夫人带着几千人马，假装给李刺史运送物资。

果然李迁仕没有任何防备，冼氏一队人马顺利进入高州城，冼氏一声令下，几千人马即从物资车上，抽出刀刺器械。一阵呐喊声，冲天而起，李迁仕被这突然的一幕砍杀吓坏了，慌忙逃走。

后面陈霸先的军队也赶来了，冼氏让士兵开门，迎接了陈霸先将军进城。

陈霸先要大奖这位立了头功的冼氏，夫人谢绝了陈霸先将军的赏金，告辞还府。

夫人见了冯宝将军就说："这陈霸先不是个平常人，将来一定大有作为，将军你啊，应该跟着陈霸先干，才是个出路。"

冯宝将军深信夫人，他派属下，给陈霸先送去了一大批军粮器械装备。

侯景因部下接二连三失败，高州城也被陈霸先拿下了，气急败坏，于是亲自带兵去攻打巴陵这个重镇要地。

巴陵是湘东王萧绎的部将王僧辩驻守。

侯景来到巴陵城下，观察到城里显得死气沉沉的，没一点动静，好像城里没住人一般，于是命令士兵从四周一起攻城。

哪知士兵刚到城墙下面,城里呐喊声一片,城上的弓箭齐发,石头像雨点一样落了下来,攻城士兵死的死,伤的伤,侯景只好下令收兵。

侯景很不服气,也不死心,心想就你一个高州城,拿不下来?后来又组织了几次进攻,还是拿不下这高州城。

进攻无果,侯景军队在巴陵城外驻扎有一段时间了。士兵很多人都得了病,粮食补给也出现了问题。这时又传来坏消息,进攻江陵的将领任约,中了埋伏,损伤惨重,任约被擒。

侯景此时感到害怕了,当夜火烧军营,趁乱逃回建康。

此次亲自东征没讨到好,军队损伤惨重,侯景深知自己性命不保了,于是想过过皇帝的瘾,享受几天皇帝的快活日子。侯景命人写好诏书,强迫梁主盖上大印,就这样把梁主萧纲监禁起来,因太子萧大器有气节,不屈服,也被侯景派人给绞死了。

33. 侯景的可悲下场

侯景废除了萧纲，先降封为晋安王，又听心腹王伟的奸计，杀萧纲，绝后患。

于是侯景派人让萧纲喝下毒酒，在其酩酊大醉，躺在床上不省人事时，几名士兵，用装着土的大袋子压在萧纲身上，萧纲当场气绝身亡，死时仅四十九岁，在位两年。

想过皇帝瘾的侯景自封汉帝，改为太始元年。自此，侯景深居禁宫，整天贪恋酒色。

再说王僧辩、陈霸先于次年二月上旬一起讨伐叛贼侯景。

侯景有所防备，安排心腹在今安徽肥水一带驻守，但被王僧辩、陈霸先的军队打得落花流水，一败涂地。

侯景因此日夜难安。

王僧辩、陈霸先军队的士气越战越旺，又乘涨潮进入了淮河，占领淮河北岸有利地势。开始侯景派兵对敌军进行了有效抗击。陈霸先派出精锐奇兵，绕到侯军营队后方偷袭成功，只杀得侯军鬼哭狼嚎，死伤一片，侯景丢下士兵，只顾自己逃命去了。

侯景先是逃到钱塘，又向北逃到松江，他走到哪，都不受欢迎，没人肯接纳他。

无奈，他仅带着几十个心腹，想乘船从海上逃命。没想到，那些心腹见侯景穷途末路，便趁侯景不备，一刀砍下了他的脑袋。

# 34. 萧绎焚书

侯景惨死，众人都劝萧绎即位新主，萧绎表面推辞，暗里却派人去找象征皇帝之位的玉玺。

王僧辩早就揣测到萧绎的心事，于是出面召集文武百官，拟好奏表呈江陵，请求湘东王萧绎择日即位。萧绎见时机成熟，答应了，在江陵登上皇帝宝座。

当时的江陵，以长江以东为分界线，江北的地盘归北齐管辖；江陵以西至峡口及西蜀一带，是武陵王萧纪的管辖区。

萧绎当上新主子，这萧纪是不服气的，另则岭南地区又是由萧勃统领地，萧绎也是插不了手，所以萧绎虽登上皇帝宝座，实则掌握的权力有限，国土面积也不过千里范围。

一日，武陵王萧纪亲自带兵从西蜀前来探察江陵。萧绎知萧纪此番没怀好意，于是派大臣陆法和带兵在峡口与萧纪的军队对峙。

要说这萧纪为何要给江陵的萧绎添堵？话还得从头说起。

萧纪是梁武王的第八个儿子，在大同二年，梁主封他为益州（今四川一带）刺史。这地方偏远，萧纪当时心里就有些不爽，压根儿就不想去。

临行前，梁主给他交底，说道："你要知道啊，如果哪一天，天下大乱了，只有益州才是最安全的，派你去这个地方，你更应小

34. 萧绎焚书

心处事。"

原来是梁主在保护自己啊，萧纪明白过来后，万分感激。后来，侯景攻城进了京都，朝廷调萧纪大儿子萧圆照领兵三万受湘东王萧绎统领，协力讨伐侯景叛军。

萧绎命萧圆照驻军守白帝城，不许带兵东进，萧纪请求带兵东进，也遭拒，更可恼的是，萧绎把萧纪的二儿子骗入京中作人质，受尽折磨。

这荆州与益州之间的梁子就结下了。

那是在553年，萧纪带兵东进，梁主萧绎见萧纪的军容强大，不免有些惊恐。

为了制衡萧纪，梁主向西魏求援。

西魏大丞相宇文泰大喜："看来，我要夺取蜀地，控制梁国，时候到了。"

宇文泰丞相一边假意答应出兵援助，实则暗地里派出大将尉迟迥（jiǒng）带兵进入蜀地，直接进攻成都。

萧纪正东进途中，得报成都遇到危险，速派属下带兵回去救援，没想到救援军队，被西魏将领尉迟迥的士兵打败。

当萧纪准备再整顿兵马回援成都时，却遭到大儿子萧圆照的坚决反对，萧纪就放弃了回援的念想。

不回援成都，萧纪与儿子商议后，那就去进攻江陵。但久攻不下，士兵疲惫，粮草供应不足，又听说成都被西魏军围攻快破城了，军心早已动摇。

萧纪平时是个守财奴，生怕花一分钱在士兵身上，将领士兵们，早就不想跟他干了，所以峡口沿线的十余个城镇也都投降了。

驻守江陵的梁军截住了萧纪军的退路，萧纪带兵顺江而进，梁军趁势追击，萧纪被追无路可逃，一家老小，全被梁军杀光了。

宇文泰上奏，对建立大功的尉迟迥命为益州刺史，从此西蜀的大部地盘全归西魏军队驻守。

西魏主元宝炬拱手让权，丞相宇文泰的权力越来越强大，玩弄权术得心应手。他创立了府兵制。

士兵平时可以在家务农，农闲时练兵，马匹、器械、粮草自备，多种税赋全免；每府归一员郎将统帅，一百府就有一百员郎将，分属于二十四军。每军归一开府主管，两个开府合并为一个大将军，两个大将军合并为一个柱国，一共开设了六个柱国，最高的统帅称为持节都督。

宇文泰主持持节都督的大权，掌握着核心权力。

说白了，西魏主元宝炬任何权力也没有。因为他不与宇文泰争权夺利，总算是保住了性命。

西魏主元宝炬在位待了十七年，得病而终，享年四十五岁。

太子元钦继承王位。因宇文泰秘密杀死了西魏尚书元烈，元钦痛恨宇文泰，总想着法子要把这个钉子给拔了。

好多人都劝元钦不要想这种没好结果的事儿，但就是不听，其意坚定。

没有不透风的墙，这消息被宇文泰知道了，这还了得，宇文泰轻轻一个小动作，就把元钦废了。不过三月，又直接毒死了元钦，史称废帝。

再立元钦弟弟元廓上位。众人都明白，宇文泰早就有当主子的想法，可他就是不动声色，一丁点儿的迹象都没露出来。

宇文泰暗中派人打探东南的情况，当看到了梁国越来越弱，于是更想急切地掌控梁国。加上前来投降西魏的叛将萧詧（chá）大献阴谋，出策进攻梁国之日。

梁主萧绎迷信道教，正在召集众臣演讲老子的道德经。有人奏

34. 萧绎焚书

报,西魏已派军队来犯。梁主思索了半天,半信半疑,把演讲停下来,安排人去防御。

后又报,边境平安无事,梁主又开始演讲了。

等再次传来边境警报时,才急下令,派王僧辩、陈霸先两员虎将出战。

此时,已经有点为时已晚了。因为西魏军已经渡过了汉水。于谨所统领的精兵已经占据了江津,堵住了东路从建康来的援军,西魏军正奔江陵而来。

于谨很会打仗,他令士兵采用火攻,在营垒木栏下点火,烈火熊熊,难以遏制,几十座城楼化为灰烬,还在主要通道上筑起高高墙垒,切断出入江陵的一切路径。

萧绎出城巡视后感叹道:"完了,完了,没活路了。"

他急召王僧辩、陈霸先赶回来救援,但送出去的信都被西魏士兵截获了。

西魏军在于谨的指挥下,从多个方向向城内进攻。

梁军在城内的守将日夜奋起抵抗,可城内的士兵有限,伤亡也很大;粮草已无,又无后继供应。内无粮草,外无救兵,剩余士兵也纷纷投降。

此情此景,让梁主萧绎惊恐万分。他下令烧掉了东阁殿中的古今图书十四万卷,想投火自焚,被左右侍卫拦住。

萧绎急得跺脚,口中念道:"萧绎呀萧绎,你如何落得如此地步!"

身边有人问道:"主子,你为何非要把这些书烧掉呢?"

萧绎万般无奈地说:"我一生读了万卷书,还是落得这个下场,这书有什么用啊,全烧了,全烧了。"

正当于谨不知该如何处置萧绎时,叛将萧詧请求出手,得到于

谨的准许。

萧詧用装着泥土的袋子，活活把主子萧绎压死了。

 南北 **35. 萧梁灭亡**

话说梁朝，自从武帝萧衍篡权算起，历经四代皇帝，一共合计有五十六个年头。要说这朝代说换就换，最后连国号也改姓陈。

西魏军攻入江陵后，在将领于谨的授意下，梁叛将萧詧亲自用装土的袋子把梁主萧绎处死。

当时，萧绎的第九个儿子晋安王萧方智已经回到建康。

王僧辩和陈霸先力举年仅只有十三岁的萧方智当上了新梁主。

一天，王僧辩正在朝里与众将领议事，忽然侍卫进来，呈上刚接到的一封信，这信是北齐派使者送来的，而且是专递信件，指定的收件人，就是王僧辩亲收。

王僧辩速打开信件，阅后明白了，因为信里明确告诉他，要他派兵去迎接北齐为他们推举的梁国新皇帝萧渊明。

稍明事理的人，都会明白，这是明摆着的事儿，北齐在下套，让他王僧辩去钻。

王僧辩犹豫了半天，先是对齐国来史说："我们主子人选已定妥，是经过群臣们议定的，哪能你北齐来封信，说改轻易就改，请你回去转告高洋，我们不能听他的安排。"

高洋听了汇报，他哪里听得进这些废话，放狠话说："王僧辩不听也得听，不然灭了他。"

胆小的王僧辩，虽说也是见过世面的人，但现在自己有权有势，小日子过得还不错，他不想给自己再多惹事，他妥协了，于是准备答应接驾被北齐圈定的新梁主萧渊明。

当时，陈霸先本人不在建康，正带着兵士们在镇守京口。他听到王僧辩打算迎驾北齐推举的新梁主萧渊明这一消息后，坚决不同意。

陈霸先连夜差人出来劝阻王僧辩，表示决不能答应北齐国立萧渊明为梁国新主的想法。

王僧辩有着自己的考虑，他不想因此得罪北齐高洋。王僧辩没听陈霸先的意见，还是准备高规格的礼仪龙舟迎驾，并已经安排好了，要全力护驾萧渊明来到建康登上皇位。

陈霸先那是一个气呀！我陈霸先与你王僧辩一起打天下，如今日稍安定些了，也说好了的，辅佐我们一起推举的萧方智当皇帝。现在倒好，你王僧辩先变心了，对外依靠北齐，对内欺瞒，这就是你王僧辩的不对了。既然你不能从大局着想，那也莫怪我不讲情意了。

于是，陈霸先派得力部将候安都去石头城进攻王僧辩。

王僧辩的士兵不经打，三两下地就破了城。当候安都的士兵抓到王僧辩后，绑到陈霸先面前，王僧辩一个劲地请求陈霸先饶他性命，陈霸先根本不理他这根葱，发令下去，让士兵把王僧辩绞死了。

萧渊明得知王僧辩被陈霸先处死，知道自己皇位不保，慌忙逃离了皇宫。

陈霸先仍然推举萧方智继位，改年号为绍泰。满朝文武百官，一个不少，都晋升一级。陈霸先则做了尚书令，掌管内外军机大事。

35. 萧梁灭亡

王僧辩的女婿杜龛（kān）是吴兴的太守，得知老丈人被陈霸先给杀了，想为老丈人报仇雪恨。

听说要攻打陈霸先，王僧辩的弟弟也积极呼应。另有义兴太守曾是王僧辩的心腹，也举兵参加杜龛一起反抗陈霸先。

殊不知，在杜龛的底下，潜伏着陈霸先一个亲侄儿子。杜龛的一举一动，全在陈霸先掌控之中。

杜龛带着五千精兵前来进攻，陈霸先早已布阵周密，打了几十天，杜龛的士兵没能向前推进。最后，杜龛也只好带着士兵，无功而返。

这个杜龛平时好酒，回驻地后，天天喝酒作乐，且逢酒必醉。

已经烦透杜龛的一个部将，被陈霸先收买，悄悄打开城门，放陈霸先的军队进城，当士兵收捕到杜龛时，他仍然酒醉鼾声如雷，可以说，杜龛是在自己做着美梦时，了结了自己的性命。

见陈霸先越战越强，齐国大都督萧轨带兵十余万人南下，直达京都城下，陈霸先亲率士兵镇守，在外援的配合下，里应外合，打得齐国士兵死的死，伤的伤，俘获数百，齐兵败下阵去。

齐国军队有些不甘心，经过几次较量，齐国军队被陈霸先打得一败再败。最终粮草不济，兵力锐减，齐兵纷纷溃逃，大都督萧轨也被活捉。

陈霸先率军有功，梁主萧方智又加封陈霸先为丞相。这时的陈霸先飘飘然了，顿生做皇帝的美梦了。

梁主萧方智是陈霸先力举，为了让萧方智当皇帝，还怒杀了一同出生入死的王僧辩。主子也给予了陈霸先至高无上的军政大权，可谓是，一人之下，万人之上，按理说，还有什么不满足的呢？

可这人心，就是难以满足。

自从加封为丞相，重权在握了的陈霸先，就更是把主子萧方智看着是眼中钉，肉中刺。

陈霸先早已盘算着篡权夺位，只是碰巧南方发生动乱，不得不派部将们去讨伐，暂时稍把篡权的事往后放一放。动乱事件平定后，他加快了实现皇帝美梦的节奏，先是自称相国，总管国家所有事务，后又强迫梁主封他为陈公。

没几天，陈霸先就迫使梁主萧方智让出皇位，颁发禅位令，昭告天下。

已经这般了，陈霸先为了让自己表面上更体面些，还假惺惺地推让一番，做出一副谦让的样子。

经过朝里上下百官的好一阵劝说，他才出来答应接受禅位当皇帝，改国号为陈。于是陈霸先在永定元年代南梁建立了南北朝时期南朝的最后一个朝代——陈朝，陈霸先即为陈朝的开国皇帝，定都建康。

35. 萧梁灭亡

历经四代，统治了五十六年的梁朝，从此，一去不复。

萧方智在位三年，满十六岁那年，不明不白地被害死。

陈霸先也只在皇位三年，史称高祖武皇帝。据说是因病驾崩，葬于万安陵，享年五十七岁。

36. 高演篡位

天保十年（559年）的一天夜里，有彗星出现。

高洋酒后，下令屠杀了所有元姓子弟，男子不论长幼，一律砍头，这一次，共杀了三千多人。已是恶贯满盈的高洋，不久就得了急病，知情人说是喉管里有硬物卡住，食物下咽不得，终日不能进食。

自知身体拖不了几日的高洋，先将皇后李氏召到病榻前，紧紧拉着皇后的手不松开："皇后啊，人生哪有不死，我对于死并不足惜哟，我担心的是皇后和儿子们怎么办？儿子们还那么点小，看来他们要继承皇位，是怕难保全了。"

皇后心里刀绞一样的痛，边流着眼泪，边安慰皇上："皇上，这个时候不要操那么远的心，先保重自己再说。"

高洋又转头，用脆弱的声音对高演说："六弟，你要皇位，要夺权，都可以随你，但你就不许杀我儿子。你可以做到吗？"高演听后，头皮都在发麻，惊恐不安，他一边拜谢，一边悄悄退了出去。

高洋把尚书杨愔（yīn）、大将军平秦王高归彦、侍中燕子献等重臣召到身边，叮嘱他们要千万地用心辅佐太子，刚交代完就咽气了，死时只有三十一岁。满朝文武官员号啕大哭，多是有声音，无

36. 高演篡位

眼泪。

到底谁来继承皇帝之位，在朝廷里有很大争议。皇太后娄氏一心想让自己的儿子高演来当皇帝。

朝廷尚书杨愔、平秦王高归彦、侍中燕子献几位重臣都觉得应该立太子高殷继承皇位。

争论不下，最后，皇太后娄氏还是松了口，儿子当皇帝，自己是皇太后；孙子当皇帝，自己是太皇太后。反正都是高家人，不是什么外姓人，谁当皇帝不是当。

于是娄老太就不再坚持要让儿子当皇帝的意见。

高演没接上皇帝的位，心里难免不舒服。守了几天丧后，就住在东馆，例行料理朝廷日常事务。

一向效忠于朝廷的杨愔心里明白，这高演住在宫里，离刚登基皇帝太近，若有人图谋不轨，就危险了，不怕一万，就怕万一啊。

于是，启奏皇帝，为了大计和安全，找个理由，分别给两位皇叔各安排了一点事做，让他们先搬出宫外，回各自府上居住。

皇帝高殷下了诏书，让六叔高演当了朝廷尚书，八叔高湛派去任职镇守晋阳的刺史，两个皇叔勉强接受了皇侄的任命。

高演先行赴任，到任那天，他专门设宴招待朝廷百官。高演心想，反正用的是公款，不用白不用，还可以与大臣们套个近乎。朝廷官员们也不敢得罪高演，于是都爽应邀约。

这请客的名单里，当然也少不了大臣杨愔。

正当杨愔打算出门赴宴时，侍郎郑颐好心相劝："大人小心些好啊，此去必定凶多吉少，现在情况不清楚，劝大人还是不去为安。"

杨愔却感慨道："我一心为了朝廷，我怕什么啊！这常山王高演他任职请客，你说我能不去吗？"说完，径直去了宴厅。

171 /

高演、高湛两兄弟早安排妥当，见杨愔几位老臣相继进来了。高湛按礼节上前迎座，他端起酒杯，敬杨愔酒，杨愔起座推辞。

高湛开口道："你是两朝元老了，今天敬你杯酒，你何故不端杯呢?"正说着，只见从后厅出来二十几名强悍的士兵，手提大刀，直奔杨愔几位老臣而来。

高演这时也没有再客气，令士兵将几位大臣绑了。

高演两兄弟也没再给机会，带着杨愔等人来见皇太后、皇帝高殷，一来就跪下，然后一把鼻涕，一把眼泪地说："皇上，我与你是叔侄至亲，我们才是一家人。杨愔为了独揽朝廷大权，一心挑拨我们叔侄之间的关系，这样的恶人不能留在朝廷，皇上今天不答应杀了此人，我就不起来。"

虽说当时高演的士兵已经包围了皇宫，披甲提刀严阵以待，一见号令就可起事。

36. 高演篡位

但朝廷内,还是有数千名禁卫军,将领娥永乐是有名的大力士,对高洋很忠诚。此时,娥将军已看到势态危险,见高演、高湛两兄弟竟敢在大殿里威逼皇上,实在是看不下去了,连忙上前请示皇上,准允将高演、高湛抓起来。

在这你死我活的关键时刻,偏偏皇上高殷被惊恐得掉链子,说话结结巴巴……

这时,只见太皇太后娄氏,指着娥永乐大动肝火:"你再敢多嘴,我就让你人头落地,还不滚出去!"

太皇太后发话了,娥将军流着泪水,不敢再停留。太皇太后又转身对着孙皇帝高殷:"你还在想什么?还不赶快去安慰你的两个叔叔。"

如此阵仗,皇上高殷可怜兮兮地先看着太皇太后,又掉过头来对着高演,低声道:"皇……皇叔,你只要能保,保我性命的话,我自己走下殿去,这里的事,全……全由皇叔,你,你来处置……吧。"

听得这句话,高演看都没再看高殷一眼,立即起身,传令手下将杨愔等大臣杀死,又将娥永乐也抓来处死了。

高演自封为大丞相,掌管朝廷内外各军,又封高湛为太傅,兼任京畿大都督。

几个心腹都忙着给高演出点子,劝高演早日上位当皇帝。时机已经成熟,也没什么用得着遮遮掩掩的了。

高演趁势进宫内,向太皇太后启奏。

本来就有心让高演当皇帝的太皇太后,先是碍于杨愔一众大臣的面子,先让孙儿高殷当了几天皇帝,现在再没别的可说了。于是太皇太后下令废掉了孙皇上高殷,令儿子高演登上了皇位。

此时,太皇太后提出了一个要求:"高演啊,你当皇上,我不

反对，但对于你的侄儿高殷，是决不可伤害的！"

高演当着母后的面，对天发誓："若不听母后的教训，儿子日后，不得好死！"随后择日登位当了皇帝。

登位不久的高演还是失言了，他听奸臣们的谗言，把已经构不成任何威胁的济南王高殷杀了。

从此，高演皇帝噩梦不断。皇建二年冬天，高演皇帝出游围猎时，坠马受伤。回到宫中，疼痛难忍，看医无果，成天躺在床上哭天喊地。

病情一天一天加重，母后娄氏前往探望，看着流着眼泪的皇儿高演，娄氏没有同情，反讥道："叫你不杀你侄济南王高殷，你不听我的话，有今天，是报应，活该啊！"

不几日，高演一命呜呼，才二十七岁。高演临终前留下遗诏，把皇帝位置留给了弟弟高湛。高湛于561年登上皇位，改皇建二年为大宁元年。

南北 | 37. 北齐北周龙虎斗

话说西魏这边，宇文泰立了元廓为新主后不久，自己就得了重病。他委托侄儿中山公宇文护辅佐自己的儿子宇文觉。宇文护在宇文泰死后，为了占据大功臣的席位，逼迫西魏主元廓把皇位禅让给了宇文觉，建立了北周。大权在握的宇文护渐渐不满足于当臣子，他先是废掉了宇文觉，把宁都公宇文毓（yù）扶上了皇位，后来又忌惮宇文毓的才华，毒死了他。宇文毓死前，把皇位传给了弟弟鲁公宇文邕（yōng）。

周主宇文邕与陈国打了多次仗，但很少能取胜。打得多了，闹得士兵们都不想打下去了。

刚好，陈国也派使者前来谈判，于是两国讲和，相互订下合约，陈周两国言归于好。

再说北齐皇帝高演临终前留下遗诏，把皇帝之位传给了弟弟高湛。

次年青州上表黄河、济水都变得清澈见底，称这是皇恩。皇帝高湛甚喜，故改国号为河清元年。

趁皇帝开心，地方刺史王琳多次奏请发兵攻打陈国，高湛皇帝有意出兵，但被一众大臣拦住了。刚好陈国又送来修和书信，高湛即派使者与南朝通好。

于是江南江北，总算暂休战事，让百姓休养生息，平静地过太平日子七八年。

这高湛是个会享福的主，见无战事，天下太平，日夜花天酒地，尽享快乐。高湛偶尔酒醒了，也会问问朝政的事。

宠臣和士开向高湛皇帝开玩笑说："圣上正值壮年，又恰逢国无战事，何不及时行乐，好好享受一番。"

高湛看了和士开一眼："那国事就不问啦？"

和士开笑道："圣上，这些为臣都可帮你办好，何必还劳圣上烦恼呢！"

这往后，高湛皇帝就更玩乐得忘了自己姓甚名谁了。

突然一天，奏报：北周与突厥一同来攻晋阳。惊得高湛一身冷汗，急忙调兵前往救援。

号称木杆可汗的突厥首领，早与北周保持着较好的关系，双方经常有使节走动往来。宇文邕继位了，他却没有皇后，经与宇文护商议，若能让突厥首领木杆可汗的女儿当皇后，这两国之间的关系，就是亲上加亲，一家人了。

北周国马上派使臣杨荐到突厥国向木杆可汗求婚，木杆可汗想，这是好事，二话没说，就同意了这门婚约。

这消息被齐国高湛皇帝得知，对身边人说："好个宇文邕，凭什么，他能向突厥求婚，我就不能？我还要用重金娶木杆可汗的女儿为皇后。"

突厥首领木杆可汗是个贪恋金钱的主儿，见齐国送来厚礼，有意想与北周悔掉婚约，还想把北周国使臣杨荐一行人交给北齐使带回去。

北周国使臣杨荐走到木杆可汗面前，面不改色，义正词严，大声斥责木杆可汗道："你怎么如此见钱眼开？我国太祖与木杆是好

37. 北齐北周龙虎斗

友,没想到你今天就为了几根金条就忘恩负义!即使你不怕我们北周国,难道你就不怕鬼神也不饶你?"

木杆可汗自知理亏,连忙赔着笑脸,对杨荐说:"您不必过急,我只是试探一下齐国的真实意图。"

木杆可汗停了一会儿,又上前拉着北周使臣杨荐的手:"您刚才说得对,我心里也是清楚的,我决心已定,应该与北周国共同平定东寇,北齐国才是我们共同的敌人。"

北齐国求婚使者本想再争取一下,被木杆可汗呵斥而去。这边杨荐等人回国,木杆可汗还给他们送了重礼。

北周主宇文邕得到杨荐从突厥国带回的好消息,很是满意。连忙召集朝廷众臣商议,派出十万大兵攻打齐国。

唯独大臣杨忠一人没举手,他不是不同意发兵,而是觉得派兵十万有点多,只要发兵一万骑兵就足够了

北周主子宇文邕就派杨忠率骑兵一万,向齐国发起进攻。杨忠有勇有谋,数月内,连攻下齐国二十几个城镇。

突厥国见北周国将领杨忠率兵大捷,木杆可汗也亲自率领十万骑兵前来助阵,两国军队合力进攻齐国,兵威四震,势不可挡。

整天沉溺迷于酒色的齐国主高湛,被警报惊醒,亲自监督内外将士,从邺都风雨兼程,急奔晋阳救援北周的侵犯。

不几日,北周将领杨忠与突厥首领木杆可汗的军队已经直逼晋阳城下。

高湛登上城楼观察,见北周和突厥的军队鱼贯而来,其阵势如浪潮奔涌,锐不可当。

高湛边看边感叹着:"这次完了,完了!"正要带着一众心腹溜走,见郡王高睿等几个大臣拦住去路。

高睿劝说道:"主子现在走,往哪走是个安身之地呢?留下来

一搏,说不定还有生路。"高湛听其言,就留下来了。

在众臣的建议下,高湛急令六军统归高睿将军统领调用。高睿是个军事将才,他用很短的时间,把六军重新调整妥当。

正月朔日,高睿派兵出城与北周军对峙。远看,军容甚为壮观。

突厥首领木杆可汗登高望去,回头质问身边北周的人:"这就是你们说的北齐国军队打得差不多了,士兵没多少了,现在,你们再看看对方阵前的士兵,个个精神抖擞,神色坚定。如此轻敌,看来你们北周人就爱说假话。"

北周的将领们听到木杆可汗的指责,很是不服气。于是北周军打头阵,先派步兵挑战。可北齐士兵,静守阵地,阵地前没有一点喧哗的声音。

齐军不应,周军无从交战,不知该如何是好,正待彷徨四顾之时,突然喊杀声震天动地,齐国士兵全力冲杀过来,周军被这一阵势所惊,军队大乱,纷纷倒退溃散。

有轻敌思想的北周统帅杨忠,眼看自己的军队支撑不住了,就把反转的希望寄托在突厥的士兵身上。

突厥首领木杆可汗这时考虑到的是如何保护好自己逃命,哪里还管得上周军的死活。

孤军之战,难敌齐国军队的反攻,北周军大败,最后没剩多少人马,逃回关中。

突厥国军队逃跑途中,遇下雪路滑结冰,山谷很难通过,木杆可汗令士兵在路上铺上毡垫子,人员慢慢依次通过,还没等过长城,兵、马冻死冻伤无数,军队损伤惨重。

38. 北周不义伐兵

话说北周太师宇文护的母亲阎氏和沾亲带故的亲戚朋友，都居住在晋阳城里。当年宇文泰入关中，只带了宇文护跟在身边。

后来晋阳被高欢管辖，太师宇文护的母亲阎氏及一干人，都留在了北齐的宫廷。等到太师宇文护当上了北周的相国时，一来二去，已经时隔二十多年了。

宇文护多次派人去北齐国打探老母的音讯，都没得到有价值的信息。

前段时间，与北齐在晋阳一战，没想到杨忠战败，宇文护很不服气，奏主批准，想联合盟友突厥国军队，再次大举进攻北齐国。

这一军事机密被北齐国主高湛探知。高湛召集朝中将领们议事，如何应对北周与突厥两国的联手进攻。

这时，一将领上前说道："听说北周相国宇文护，特别孝顺他母亲阎氏，曾多次派人打听消息。正好这老太婆又在晋阳宫中，何不把他母亲送还他，以此议和不战，上策啊。"

高湛听后，觉得有道理。特派勋州刺史韦孝宽带书去见宇文护，告知其母亲在晋阳。

还特别叮嘱韦孝宽："见了宇文护，要把话说强硬点，北周议和，就护送他母亲回周国；若不，就等着为其母收尸。何去何从，

让他看着办。"

宇文护是个大孝子,得知母亲一切尚好,激动得半天没说出话来。稍停片刻,连忙带着笑意,对韦孝宽说道:"愿意与齐国和好。"

北齐皇主高湛先释放周主的四姑妈,并让宇文护母亲捎话,详细述说宇文护孩提时的事情,又带回宇文护以前的一些衣物做证。

宇文护见到了离别二十多年的四姑妈,又听到母亲传来小时候的情形的口信,当看到曾经穿过的衣服时,禁不住痛哭起来。当即,边哭边给北齐主高湛写信,恳请早日释放他母亲,他必定重重报答此恩。

这样,北周相国宇文护与北齐皇主二人,信来信往,传了好几封信后,高湛才决定放了宇文护的母亲。

可齐国太师段韶忙出面劝阻:"北周是个背信弃义,反复无常的主,请皇上不要轻信。若等两国盟约订好了,再释放其母亲回国会安稳些。"

齐主不听劝谏,执意派人护送宇文护的母亲阎氏回到北周。

宇文护正在为北齐没有及时回复而有些焦虑时,突然听说母亲已经被北齐派人送回来了,欣喜万分,像孩子似的奔出门外,迎接母亲。

北周朝廷上下,欢庆同贺。

周主宇文邕迎阎氏入宫中,率领众皇亲,向阎氏老太行皇族礼节。

宇文邕的母后叱奴氏,也正在与宇文护母亲阎氏相叙言欢,整个宫里好不热闹。

失散二十多年的母亲回到了身边,宇文护从心底里非常感激北齐皇帝高湛,有意按事先约定要与北齐缔结和约。

38. 北周不义伐兵

偏偏这个时候，突厥的首领木杆可汗派来使者，通报说："他们已经调集精锐军队，准备按约定，与北周国一起，再攻打北齐国，以雪失败之耻。"

这般倒让宇文护有些踌躇起来。

怎么给北齐方面一个交代呢？刚把母亲接回，再攻打别人，明摆着背信弃义呀？

但如果拒绝突厥国的约定，会失去一个强悍的盟友，也多了一个劲敌。宇文护思量后，定下决心，打！既然母亲已经回来了，还担心什么！

于是同意与突厥军队一起再次起兵攻打北齐，周主宇文邕还亲为宇文护饯行。

北周与突厥两国共集结了约二十万军队，浩浩荡荡从长安出发，不日即到潼关。

宇文护派柱国尉迟迥为先锋，令他向洛阳进逼，派大将军权景宜率山南兵出征豫州，又令少师杨檦出兵轵关。

宇文护率部继续缓缓前行。不日，接到消息，杨檦恃勇轻敌，结果被北齐太尉娄睿的轻骑杀得落花流水，杨檦也被北齐兵捉拿投降。

权景宜一路人马骁勇奋战，攻克豫州，永州。周主令郭彦镇守豫州、谢彻镇守永州。尉迟迥围攻洛阳三个月了，没任何战绩。

统帅宇文护截断河阳的各要道，拦截北齐兵，然后与尉迟迥一起攻打洛阳城。

齐主高湛心里窝着一肚子火，洛阳又连连求救告急，高湛急下令兰陵王高长恭、大将军斛律光二人率兵援救洛阳。

高湛向朝廷将领问计："谁有良策，可退北周之敌？"

太师段韶大胆说道："北周虽然与突厥国联盟，他们是想从两个方向，夹击洛阳。突厥军队很狡猾，他们怕先动手吃亏，一定是在收到了北周的捷报之后才会行动。虽然看似两国在联合行动，但现在最大的敌人，是不讲信誉的北周，臣愿意带兵为主效劳，决一胜负。"

一席话让北齐皇帝高湛欣喜，说道："太师说的，就是朕所想的。"

随后高湛下令，由段韶率领数千轻骑，先从晋阳出发，接着亲率卫兵紧随其后。

发兵前几天，都是阴雾天气，段韶刚好借阴雾天气的掩护，顺河南下，很快抵达洛阳近郊。经实地观察后，他重新布阵妥当，准备出击。

北周军根本没探查到北齐军的行踪，也没想到他们会来得这么快，当看到北齐军突然出现在面前时，北周军队惊呆了。

38. 北周不义伐兵

段韶走上阵前,对着北周军高声大喊:"你们听好啦,我们北齐讲信誉,兑现承诺护送宇文护母亲回国,讲好两国言和,现在你们出尔反尔,派兵侵犯我国领土,你们这是背信弃义!"

周军将领知理亏,但还要强词夺理:"别说那些没用的,是上天派我们来的。"

段韶反讽道:"好啊,上天向来赏罚分明,让你们来,就是要惩罚你们,让你们来洛阳送死!"

看那阵势,两军交战,刀光剑影,军马嘶叫。由于北齐军占着理儿,士兵气顺,得心应手;然而北周士兵,不敌北齐军,被逼到城脚下。这时城里的守军,忙出城迎战,与城外援军形成对周军的夹击态势。

北周将领尉迟迥无心恋战,突围而去,其他将领见状也各自带兵逃回军营。

傍晚,北周将领宇文宪还想整军再战,没想到随行作战的泾州总管王雄因中箭伤势过重死在军中,士兵们都恐惧了,宇文宪也不想再战了,只好传令退兵。

周军权景宜部得知洛阳军败的消息,慌忙弃豫州,撤回关中。果然,突厥军见势也逃了。

齐军洛阳之战大捷,高湛皇帝设宴款待一众将领,加官自不在话下。

39. 祖珽离间
高纬诛功臣

话说北齐军在洛阳大胜北周与突厥军的侵犯后，齐主高湛按功封赏，慰劳众臣。

当时北齐朝廷有个官员叫祖珽（tǐng），人品极差，封赏时，没有捞到好处，他心里不舒服，于是他走近太史和士开，讨好地说道："像你这样受皇帝喜欢的人，是古今以来难有相比的。若你这个时候不为自己的将来作个考虑，到时就怕晚了。你想啊，如果哪天皇上有事了，你怎么办呢？"

太史和士开一听，面有难色，问道："那你说怎么办是好？"

祖珽忙应道："这就要看能不能劝皇上，让他早点把皇位让给太子。若皇帝依了，你想，一旦东殿上位当了皇帝，一定会记得你的好处的，那你以后就无忧无虑了。"

太史和士开一听，眼睛都亮了，说："这个好，这个好，我去找皇上说说。"

开始，高湛皇帝还没有想要让位太子，经和士开，加上祖珽在旁边一番附和，还真把高湛皇上说动了心。河清四年夏，挑了个黄道吉日，在京都晋阳宫里，把皇帝位置让给了太子高纬，改年号为天统。

39. 祖珽离间高纬诛功臣

尊高湛为太上皇，北齐国的军政大事仍由他来管理。这时的高湛年方仅二十九岁，正当年轻气盛，可他不在皇位上了，没有负担压力，不问政务，成天花天酒地，身体连年多病，眼看难活几日。

高湛在位满打满算的五年里，确实做了很多不符合一位明君该做的事情，但有一件事做得可以，就是把宇文护的母亲送回国，这算是以孝为治的君主当为的。

比如在他任期，虽惩罚了一批乱作为的官员，小人祖珽也被问责关进了大牢，但朝廷当官的，特别是当大官的，还是都想揽权不做事，时政景况大不如以前。

当时有个宫女叫陆令萱，嘴巴甜，人长得也漂亮，很讨人喜欢。新主高纬小的时候，喜欢陆令萱抱他，有一些感情。

高纬当了皇帝，就封陆令萱为郡君，陆令萱的儿子陆提婆可以在宫里随意进出，常与皇帝高纬在一起。

高纬上位，太史和士开是有功之臣，于是在新皇帝面前特别能说上话，有了这层关系，关在牢里的奸人祖珽也被放了出来。

祖珽人是出来了，但官职没有了。他想到了陆令萱。感觉让陆令萱在皇帝面前说句话，会比和士开更管用。

祖珽转了个大弯，他先找到陆令萱的儿子陆提婆，先请他吃酒，又以重礼相送，陆提婆跟母亲陆令萱说明意思后，她还真帮了忙。不几日祖珽就官复原职。

高湛在世时，曾想过废掉高纬，改立高俨，但此事没弄成。

高俨看不惯和士开、陆提婆受宠得意忘形的样子。当得知二人正在宫里修建宅邸，动用公款花费大，向皇帝高纬告了一状，将和士开免了官职。

心腹冯子琮劝高俨说："你现在已经得罪了和士开，不几日，

他还会回来的,你不如早为自己后路做打算。"

高俨也把自己的心事说了出来:"是的,要不是他,我现在也不会是这般,真想把和士开杀了才解恨。"

冯子琮笑道:"这样,我来列举他的几大罪状,再奏主子,还愁治不了他。"

二人一起列举了和士开十三条罪状,条条可治死罪。奏折呈给了皇帝高纬,皇帝略看了几眼,对冯子琮说:"我就不耐烦看了,你看能批准的就批准吧。"

冯子琮听了皇帝发话,下令抓了和士开,当即处死。

杀了和士开,高俨一党觉得还不够,何不干脆除了皇帝高纬,拥立高俨当皇帝,大家在朝廷都可受益。

众人一起逼着高俨率骑兵数千,在宫外屯驻。皇帝见此阵势,十分惊恐,连忙向胡太后报告。

太后听了皇帝的哭诉,大声骂道:"高俨用心杀了和士开,我就知道他不怀好意。今天他又想率兵闹事,看来不治治他是不行了。"

太后立马召见斛律光,去把高俨等带头闹事的几个头头抓起来。

斛律光听令护着皇帝高纬来到宫外,大声喊道:"皇上驾到!"

高俨一向害怕斛律光,听到斛律光的声音,就有点慌,想溜走。斛律光上前一把抓住高俨,说道:"不就杀了个奴才吗,有什么好怕的?"

斛律光把高俨带到皇帝面前,想帮他求情。只见皇帝从高俨腰里抽出佩刀,用刀背在高俨头上轻轻敲了几下,就把高俨放了。

祖珽心里明白,高俨能杀了和士开,早晚也得杀了自己。不除掉高俨,自己就是个死。他向皇帝高纬打小报告:"皇帝呀,高

39. 祖珽离间高纬诛功臣

俨这人英勇无比,你要防着他些。今天要不除掉他,来日对皇上就是个大威胁啊。"

皇帝高纬听了祖珽这么一说,又联想到前些时宫外举兵闹事,一时身上有些凉意,下决心要除掉高俨。

一天,皇帝启奏太后,带弟弟高俨一起出去狩猎,太后同意了。

出外打猎的第四天晚上,皇帝高纬派人去请高俨。高俨想,这么晚了,皇帝请我有何事?

正在犹豫时,陪侍皇帝出行的陆令萱说了一句:"你皇哥请你,你还不赶快去?"

高俨没有退路,硬着头皮进了哥哥高纬皇帝的帐房。还没等高俨做出反应,已经被侍卫按住给绑了,随即遭杀,高俨仅只有十四岁。

斛律光知道高俨是被祖珽这个小人离间所害,看到祖珽在朝里的势力越来越大,也越来越看他不顺眼。

祖珽也感觉到除了高俨,还要除掉斛律光,自己才能享安稳之日。

在往后的一段日子里,祖珽为除掉斛律光,从两个方面着手做准备。

一方面是在斛律光身边放眼线,专找斛律光的过错。

另一方面,更毒的一手是利用北周做文章,通过大肆制造谣言,让皇帝相信斛律光要谋反。北周韦孝宽曾被斛律光战败,想找斛律光报仇,却一直没找到机会。于是奸臣祖珽与北周韦孝宽一拍即合,内外勾结,说斛律光有阴谋,要投靠北周。

有祖珽的恶意添盐加醋,皇帝高纬认定了斛律光要谋反。不由分说,忠臣良将斛律光遭小人排挤,最后被高纬下令杀了。

北周皇帝这下高兴了,对众臣说:"斛律光死了,北齐国就成了一块鱼肉。"

斛律光不死,也许,北齐灭亡就不会那么快……

40. 高齐灭亡

话说齐主高纬杀了弟弟高俨及忠臣良将斛律光后，一日比一日荒淫无度，把朝廷政务全交给一帮小人奸臣打理，哪怕你是戏子、巫师，也能沾光受禄。

这样一个糟糕的朝廷，老百姓生活苦不堪言。

更让人难忍的是，这个高皇帝还专门在街头巷尾，穿上又脏又破的衣服，扮成乞丐向行人乞讨，一朝之主，不以为耻，反以此作乐。

北周密探向周主汇报了齐国当下国情，周主暗喜。心想，派兵讨伐齐国的机会来了。

周主一边检阅军队，指令军队加强训练；一边全力准备物资，力保讨伐行动物资充足。

过了些日，周主宇文邕觉得准备得差不多了，他征求大臣们的意见。

先召见了大臣伊娄谦，说道："现在军队经过了一段时间的休整训练，战斗力增强了。我如果这个时候想出兵，依你看，应该伐兵哪个国家？"

大臣伊娄谦是个很有智慧的人，听主子这么一问，他就说了自己的想法："为臣认为，要想出兵制胜，最先应该进攻齐国。理由

很简单,齐国朝廷很不得人心,皇帝不务朝政,奸臣当道,百姓怨声载道,军队涣散。就连斛律光这样的勇猛良将也被小人所害,军队少了对手,所到之处,必然取胜。"

伊娄谦的分析,有理有据,听得周主宇文邕心花怒放。

周主连声说:"好,好,我也是这么想的。"

伊娄谦见皇帝表扬自己,脸上感到蛮有面子。周主又把话锋一转,对伊娄谦说道:"为了进一步摸清楚齐国的兵力部署情况,想请大臣您,以拜访的名义,再去一趟齐国,如何?"

大臣伊娄谦,表示决心:"为了国家,为了皇帝,自己愿意效劳!"隔日,伊娄谦受命出访齐国。

齐国主高纬见伊娄谦是个人才,就强行把他留下了,这下,更让周国皇帝宇文邕火大了,立即下诏讨伐齐国。

周国军队进入齐国领土,周主亲自督战,还对军队下达了不许砍伐树木,不许踩踏庄稼的禁令,若有违令者,一律斩首。

周军士气之高,作战英勇,不几天就攻下了好几座城镇。后因为周主中途太劳累,身体染疾,不得不停下了进攻,带兵返回了自己的国土。

建德五年(576年)冬,周主宇文邕准备再次伐兵齐国。

周主召集众臣,说了自己的想法:"上次伐兵,朕突然染疾,不得不停止进攻。现在齐国百姓叫苦连天,民怨极深,现在正是出兵荡平齐国的绝佳时机。我把进攻目标定为晋州,因为这里是齐国的老窝,我们来个出奇制胜,一定会灭了齐国。"

主子虽说让大家发表建议,这朝廷上下,谁又敢在这里提出不同意见呢?

周主带着军队直入晋州而去,军队士气十足。晋州刺史心里很清楚齐国不保,于是暗中派人与周军联系,等周军到了城下,城门

40. 高齐灭亡

大开，里应外合，周军没费多大劲，大军迅速占领了晋州，接着又传来拿下平阳城的捷报。

人家军队打到家门口了，连自己老窝都给端了，没人想得到，齐国之主高纬又在干什么呢？

高纬这时正与自己的宠妃冯淑妃在天池嬉游围猎。

晋州、平阳失守的战报频频传来，可是那班吃饭不干活的奸臣们，却迟迟不上奏。

其中一位还若无其事地说道："一个国家内，有几处打仗，是经常的事，有什么大惊小怪的，现在皇帝正与冯淑妃玩在兴头上，你去奏报军情，岂不坏了皇帝的好兴趣？"

等到了晚上齐国主子才知道了周国军队打进来了，匆匆带人赶回朝廷议事。

第二天，齐主高纬率几路大军想先去收复平阳城。齐军围住平阳城，多个方向进攻，占领了平阳城的周军拼死守城，齐军几次进攻都没有得逞。

这时，又传来周国主亲率大军，从晋州奔来援助平阳守军，高主忙令士兵挖壕沟，以防周军突袭。

周军到了，齐军站在壕沟边上，虚张声势，两军相持到晚上。

齐军有一将领向齐主建议："周主是主，你齐主也是主，又是在本国领土作战，我们为何要向周军示弱呢？"

高纬一听，是个理，于是令士兵把壕沟用土填平，准备大战。周主一看这阵势，正合心意，连忙下令，周军各路军队向齐军冲杀过来。

两军交锋，刀刃相碰，喊杀声此起彼伏，一阵一阵。

齐国皇帝高纬带着冯淑妃骑马观战，一看周军那气势难挡，杀得齐军士兵鬼哭狼嚎，纷纷败退。眼看着齐国军队要败下阵来，吓

得冯淑妃几声尖叫："败了，败了！"

一个看热闹的大臣也高叫着："周军杀过来了……"

高纬皇帝也不知是真是假，顾不得别人，带着宠妃冯淑妃骑着马跑了。

战场上不是你死就是我活，高纬逃跑还不忘带妃子在身边，真是该死，也留下千古笑谈。

齐国主子跑了，军队没了主心骨，士兵也不听指挥，周军的将士奋勇拼杀，齐军大败，死伤万余人，剩余人马各自逃命。

周主下令士兵乘胜追击，灭杀齐军。

齐主见自己的军队兵败如山倒，带着自己最爱的宠妃冯淑妃四处逃窜，后想去突厥国，觉得脸面无光，经人力劝，转而去了邺城，后又到晋阳。

齐国不少将领及朝廷官员都相继投降了周国。

40. 高齐灭亡

周主亲督大军团团包围着晋阳，一边派将领带兵攻打东门，一边自己率军从正门进攻，不料齐军有人偷偷将城门打开投降了周军。当周主率军队进入晋城时，齐国皇帝高纬已经带着冯淑妃逃出城外。

周军越战越勇，又乘胜攻下邺城，把齐军打得落花流水、丢盔弃甲，四处逃窜。

周军如潮水般涌进城里，齐国朝廷里大小官员全部束手就擒，齐国被周军全部占领。

周主下令追杀齐主，不到一个月，无路可逃的齐国皇帝高纬被周国士兵捉回，皇帝高纬及宗室诸王、连同冯淑妃一干人全部被杀死。

北齐从高洋篡魏夺天下算起，历经六主，计二十八年。

齐国在高纬皇帝这终结了，北齐被北周国给灭了。

41. 宇文赟无德乱朝政

再说陈主陈顼（xū）继位后，就有很大的雄心，起兵伐齐。当时派大将统兵十万，曾一举打下沪江。转眼过去这些年了，今又听说周军灭了齐国，也想赶过去捞点好处，就派大将吴明彻督军进攻吕梁。

刚刚伐齐取胜的周军迎战，却被吴明彻打败，陈军乘胜进攻彭城，围城打了一个多月，硬是打不下来。

吴明彻得知，周军正在调动各路大军前来救援彭城，于是下令士兵强攻，想速战速决，争取拿下彭城，但遭到守城周军拼死抵御，吴明彻还是攻城不下。

又传探报，说周军已经进入淮口，并且用铁锁拴住几百个车轮子沉在水中，把陈军水上退路给堵死了。

吴明彻不理会周军的援兵，又坚持攻城十多天，没有什么结果，水上的退路也堵死了，陈军现在是腹背受敌，最终抗不住周军的反攻，几乎全军覆没，吴明彻也做了周军的俘虏。

周主宇文邕得奏彭城大捷，十分高兴，立即论功行赏，下诏书改元宣政。

周主宇文邕亲自来到云阳宫，召集各路大军将领，宣布自己的决定，下一步就是挥师北进，争取拿下更多的城池。

41. 宇文赟无德乱朝政

有道是：天有不测风云，人有旦夕祸福。这不周主的调兵命令还没下，仗还没有打，就因太过劳累，卧病在床，起不来了。

明白自己活不了几日，周主宇文邕把几个心腹喊到床前，一再叮嘱："我这个样子，后面的事情也顾不得了，我最担心的是太子，恳请你们多多地照顾好他，你们千万不要负我所托！"

不几日，周主宇文邕，永久闭上了眼睛，时年三十六岁，在位十九年。

周主在位很得人心，足智多谋，文韬武略，遇事沉着冷静，宇文护大权在握，太强势，他不想得罪，就揣着明白装糊涂，直到时机成熟，诛杀了宇文护之后，宇文邕才开始真正显现他的才智。

周主勤于务政，生活节俭，白天穿过的朝服，晚上用湿布擦拭干净，次日上朝再穿，凡是宇文护所建的宫室，他从不享用，还会把财物赐分给贫民，检阅军队时步行很远的距离，他也不叫一声累，与将士们一起用餐，他都会把最好的食物分给士兵们。

最感人的一件事是当消灭了齐国后，他看见一个士兵赤着脚在地上走连忙脱下自己的靴子，亲赐给那个赤脚走路的士兵。所以周军上至将领，下至士兵，都愿意誓死效忠皇帝宇文邕。

可是，太子宇文赟（yūn）就一点没有传承父皇宇文邕的优良品质，他生性好享受，继位后，即立杨妃丽华为皇后。

杨丽华是隋公杨坚的长女，北周建德二年（573年），被封为太子妃。如今新主一上位，就被册封为皇后，本来在朝廷把持着重权的杨家，这回更是锦上添花。

朝廷大臣们哪个不晓得，这新主宇文赟压根就德不配位。瞧他那德行，其父皇在位时，把他管得严，出于无奈，日常行为有些小收敛，没有那么大胆子作恶。

现在管教他的父皇再也管不了他了，他不再委屈自己了，毫无

顾忌地放纵起来。

宇文赟当上皇帝后,认为皇叔宇文宪灭齐国建立大功,辈分高,名望大,对他有威胁,因此十分忌恨,他想做的第一件事就是要灭了他。

为达此目的,宇文赟精心设了一个局,让宇文宪往里钻。经过一番密谋,他秘密命令心腹暗中监视宇文宪的活动轨迹,一旦发现有动静了,就立即向他汇报,诬告宇文宪要阴谋篡位,奏请皇上下令把宇文宪抓起来。

这一切,宇文宪蒙在鼓里,全然不知。一天,宇文赟派人告诉宇文宪,说晚上皇帝召见各诸王一起上殿有要事相议。

宇文宪按指定时间进入殿内时,殿内空空的,没一点动静,也没见别的诸王的影子。这时只见门外埋伏的侍卫一拥而入,不由分

41. 宇文赟无德乱朝政

说地就把他按在地上,当场缢死。

周主宇文邕刚刚去世,新主就大开杀戒,屠戮功臣皇叔,朝廷百官个个心有余悸。

过不久,杨皇后的父亲杨坚再次晋升官职。曾有大臣向前主宇文邕皇帝劝说过:"太子难以胜任皇位,朝政大权,一旦全凭杨坚掌握,务必有谋反之心。"

宇文邕心里也清楚,但后面的事,他哪能顾得了那多。宇文邕皇帝叹息地说:"如果真是如此,那也是天意,又能奈何之?"说完深深地叹了一口气。

如今国丈杨坚,手握朝廷重权,在朝廷里不知道有多威风。

新主宇文赟罗列各种罪名,杀了不少自己认为看不顺眼的官员,朝廷上下,人人自危,所以上朝也不敢多发表些相异的言论,朝廷内也暂时平安无事。

宇文赟自认为安逸了,一连十几天都不上朝,不闻不问朝里时政,全委托给他的老丈人杨坚去处理。

一天,他在父皇的灵柩前,看着手上被父皇宇文邕用拐杖打伤留下的伤疤,恨得牙咬得咯咯响,一边用脚踢,一边口中骂道:"你这个老不死的,你早该死,你死太晚了。"要不是为了掩人耳目,给朝里官员们做个样子,他压根不愿意挂个名来守这个孝。

的确,这个不孝之子,对于父皇宇文邕的逝去,没有一丁点的悲伤。宫中哪里好玩,他就去哪里。只要发现有些姿色的女子,宇文赟都不会放过,一个有德行的君主不能为之的事情,他都干尽了。

最让人痛恨的是他更定刑名,随便就可以给你安上一个罪名而受刑。他派自己的心腹四处暗中盯着朝廷群臣们的一言一行,稍有不慎,立马祸端临头,你想躲都躲不过去。

大将军王轨是个忠于朝廷的良臣，他看到朝廷如今上昏下蔽，自己一心为国，终也不会落个好的结果。

一天饭后，他有预见性地对家人说道："我从前在朝中爱说真话，说过太子宇文赟失德，本是好意，是想固我周国社稷久远。事已至此，祸福已知，我如果有点私心，谋事易如反掌。但自己一生讲忠义大节，何以可为？你们日后，多加保重，我知道自己命不久矣。"一席话落地，家人抱头痛哭了一大场。

没过多久，百功重臣王轨，果真被宇文赟找了借口杀了。

42. 杨坚建隋朝

话说周王宇文邕知人善任,可是在选继承人这件事上,眼光不太高明,像宇文赟这种德行的人,怎么能够让他继承皇位呢?

宇文赟登位后,昏庸暴政,戮杀有功皇叔,谋害良将大臣,不顾江山社稷,贪恋宠妃美人,群臣叹息,百姓哀怨。

不久,他觉得当皇帝也不称心如意,连皇帝也不想当了,传位太子宇文衍来继承自己的皇位。

这个时候宇文赟自己才刚刚二十出头,太子宇文衍还不满七岁。有如此荒唐的想法,是因他只想整天与嫔妃宫女们在一起,吃喝玩乐,过自在日子,不想起早入朝,听报奏章,为国为民操劳。

宇文赟要把皇位让给太子,朝廷上下,没有人敢出来劝阻。七岁的宇文衍入殿完成登基礼仪,宇文赟令儿皇帝改名为阐,称自己为天元皇帝。

宇文赟见北方暂无战事,便想往南搞侵略,想先伐兵陈国。

小小陈国当然打不过周国,听说周军过来了,陈国人走的走,跑的跑,没抵抗,江北一带就都归属于周朝版图了。

这样一来,宇文赟更是有恃无恐,皇帝儿子也得听他的。他下令重建洛阳宫,派手下人四处搜刮民财,见世间美女一律选入

宫中。他恐新宫建造不如意，特意邀皇后一起前往视察。

他骑着高大的御马，文武官员全都骑马，浩浩荡荡上千人，有年纪大的、体弱的官员受不了车马劳顿，常有人晕倒，掉下马来，这狼狈样子，倒把这位昏君乐得哈哈大笑。

天元太皇后杨氏性情柔婉，对宇文赟很顺从。而宇文赟因为好色过度，渐渐神志不清，喜怒无常，他到底要干什么，越来越让人捉摸不透，左右的人常常无故遭到他的殴打。

皇后有时看不下去，就上前婉言相劝，急眼了连皇后也不认了，令人杖背，杨氏仍然从容劝谏。

宇文赟发怒道："要你多管闲事，我先让你死，再杀了你全家，连你父亲杨坚一起杀。"

宇文赟在气头上，派人把皇后押下去，让她自尽。宫人连忙通告皇后的母亲。皇后的母亲听说后，又忙去请皇帝出面说情，转了个弯，一众人好说歹说，丈母娘的头都快磕破了，宇文赟才松口先放了杨皇后。

这件事，宇文赟心里还没放下，于是气就出在老丈人杨坚的身上，他想把杨坚杀了。

一天，宇文赟召见老丈人杨坚，他先吩咐身边侍卫说："等会，杨坚来了，如果他神态紧张脸色变了，你们就杀掉他。"左右领命而立。

杨坚入见后，神情自如，面不改色心不跳，没任何异样，宇文赟故意找碴儿问话，老丈人也对答如流，没一点漏洞可钻，正是如此，才免灾得福，保住了一条老命。

说起杨坚，从小就不凡。郑译与宇文泰交好，时常在一起，有一次看到杨坚，龙颜凤表，额上有五柱入顶，手中有王字纹，说道：此人不是等闲之辈，将来一定有大作为。

42. 杨坚建隋朝

话是这么说,但此时的杨坚非常清楚自己的处境,自己在朝廷里是朝不保夕,想避险境,唯有出外随便找个事情做。

时来运转,这年仲夏时节,天元皇帝宇文赟去天兴宫避暑,没想到当天晚上就病倒了。第二天又患上喉咙疼的病,一行人匆匆赶回宫里。

宇文赟见自己不行了,召入大臣刘昉(fǎng)等人,安排后事。可这个时候,宇文赟偏偏喉咙嘶哑,半天都挤不出个字来,见状,刘昉退了出来。

此乃关系国家社稷,刘昉连忙来到朝廷重臣郑译家,请郑译帮拿个主意。

郑译又让请来朝廷里相好的几位大臣共同商议,经讨论,听取了郑译的意见,一致同意举荐国丈杨坚辅政。

杨坚推辞不肯同意,刘昉语气很重地说道:"如果杨公肯为,就赶快决定,倘若不出来干,那本人就不客气了,只好自己来干这活。"

既然几位大臣信得过自己,把话都说到这份儿上了,还有什么理由拒绝呢?杨坚答应下来了。

几位大臣与杨坚约定,由他们几个出面,引领杨坚入宫,假托天元皇帝宇文赟下诏。

可此时的宇文赟已经是只有出气,没有进气了,不一会儿,两眼翻白眼,一命呜呼。

宫中朝政大事已被刘昉、郑译几位大臣把持着,他们传出假诏书,让杨坚总领朝政内外军务,后为故主宇文赟发丧下葬,迎幼主宇文衍入居天台,改名宇文阐,并大赦天下。

幼主宇文阐要为父皇守孝,朝廷内外一切事务全由外公杨坚来处置,杨坚大权在握,开始改革朝政,废除了很多严苛旧律。

他还带头节俭勤政,在朝廷内外的影响极大,不少地方的官员都归顺在他的旗下。

杨坚见时机成熟,欲篡夺周朝天下。杨坚的夫人也劝他道:"既然都这个样了,你外孙年幼无知,难以理政,就是你不夺权,也难保住你外孙的皇位。"

杨坚认为夫人的话有道理,只是他有点担心大将尉迟迥会反对。于是他让尉迟迥的儿子带诏书去相州,令尉迟迥火速返回京都。

这边尉迟迥料到杨坚会谋反,想起兵讨伐杨坚。

那边,赵王宇文招等诸王被杨坚征召入朝,他们觉察到杨坚心怀不轨,想杀掉他们,于是用计,先邀请杨坚来赵王府邸饮酒。

杨坚也怕赵王下毒,就自备酒菜,并安排左右随从送至赵府。赵王想趁饮酒正烈时,行刺杀了杨坚。没想到被杨坚识破,脱

42. 杨坚建隋朝

身返回朝廷,报奏周主宇文阐,说赵王阴谋篡权,得奏杀了赵王全家。

将军尉迟迥本想联手益州刺史王谦在蜀地起兵反叛,后被周元帅韦孝宽领大军把尉迟迥的军队打得四处逃窜,尉迟迥也没见了踪影。韦孝宽又奉命讨伐了关东叛吏。

隋公杨坚势力范围越来越大,周室五诸王,除赵王宇文招一家遭戮外,还有陈王宇文纯、越王宇文盛也被除掉,最后还剩代王宇文达、滕王宇文迪,杨坚诬陷反叛之名,令他俩自尽。

这时,杨坚已经可以安稳地篡夺周朝江山了。

他先胁迫周朝幼主宇文阐下诏,晋封他为隋王。次年二月,杨坚再次逼迫周朝幼主宇文阐给他禅位,周朝灭亡。

杨坚登位,定国号为隋,改元开皇。至此,杨坚当上了隋朝的开国皇帝。

 南北

43. 杨广夺太子之位

隋主杨坚灭了陈国后，基本上实现了南北统一，朝廷和地方政治清明，时政稳定，百姓安居生息。

隋主杨坚在大殿与几位心腹大臣聊天，他对大臣们说道："自己身边没有妃子宫女陪侍，如今五个儿子都是独孤皇后所生，五子同母，血脉相连的亲兄弟！按理说，日后应该不会因储君的事而争斗吧？"

大臣们，你看着我，我瞧着你，谁也不敢随意回答。

隋主的长子杨勇身为太子，性情坦率，大大咧咧，在朝廷议事时，有些意见还能得到父皇的赞同。

杨勇最大的毛病就是大手大脚，不知节俭，这点又让隋主杨坚最不能容忍。杨勇喜欢佩戴饰品，一次让父皇看到了，当众就臭骂了一顿："自古以来，帝王好奢者必亡，你身为太子，就要先做好表率，知道该节俭，看你现在这个样子！"

太子杨勇自知错了，当着父皇的面认错，可过了这会儿，他又和平常一样，该怎么着还怎么着。杨坚知道后，非常生气。

杨勇爱玩，花天酒地，依恋酒色。皇后独孤氏最恨宠妾忘妻的人，只要她听说这等恶行官员，都要求隋主惩戒，甚者罢官。

偏太子这般，怎能不叫母亲大人伤心呢？独孤皇后暗暗骂道：

43. 杨广夺太子之位

"这个不争气的东西!"后派人盯着杨勇,时常发现他的过错。

二儿子晋王杨广,那可是很有心机。特别是他统军灭陈国,是建立了大功的,觉得自己的功劳在大哥之上,他也深受父皇杨坚的肯定,于是渐渐有了先取代哥哥做太子,以后再当皇帝的野心。

杨广很会来事,他知道大哥杨勇让父皇生气,母后也不大喜欢大哥的做派。为了迎合父皇和母后,他做事十分地谨慎小心。他的姬妾也有好几个,但他却能做到,不让自己的妻子有意见,早晚是必定与妻子萧妃在一起的。

有时隋主杨坚与独孤皇后到杨广的官邸转一转,看一看,杨广就只留年纪大些的宫女侍候,加上自己与妻子萧妃的衣服都十分朴素,屋里的物件家具也不用多打扫,显得很是平淡无奢,深让隋主杨坚及独孤皇后心欢兴慰。

再有时,独孤皇后派左右去监视杨广,得知杨广不分贵贱,只要是宫里来的人,都与萧妃一起在门口迎进送出,遇到进餐时,就加菜好好招待,并以重礼相送,宫里上上下下,没有人不夸隋主二儿子晋王杨广,是个有仁有义的大孝子。

一天,被派去镇守扬州的杨广请奏回朝见父皇。见了父母后,他表现出非常挂念父母的样子,看起来情深义切,十分感人。

再等返镇时,杨广特意去告别母后,临走那刻,故意装出自己要走又折返,想说又难开口的样子。母后见这个老二是不是有什么话不好说,于是让左右退出。

只见二儿子杨广伏地哭着说道:"母后,儿臣愚蠢,不知忌讳,也不知何时得罪了大哥,他竟在外造谣说我对父母不敬,还说我盯着父皇的位子,这不是想加害我吗?"杨广越说越哭得厉害,把母亲也弄得落泪了。

独孤皇后咬着牙,安慰着:"广儿,你放心回扬州吧,家里的事交给母后,对于你大哥,我自有办法。"听了母亲这一番话,杨广心里如同喝了蜜汁一般,顿时暗喜,表面还是挂着泪水而去……

皇后有意废黜太子,于是多次在皇帝杨坚面前说事。大臣们没有谁敢劝,只有高颎提出异议。因为太子杨勇的妻子是高颎的女儿,隋主杨坚认为高颎有私心,把高颎的官帽摘了。

高颎被罢了官,杨广少了一个障碍。为使夺取太子之位的步伐更快点,他又想到了足智多谋的官员宇文述,于是上奏调宇文述为青州刺史。隋主不知道这是二儿子杨广用的计,同意了他的请奏。宇文述上任时,为感谢晋王杨广,顺道去拜访他。

把酒言欢时,杨广问他:"如何能加快废除太子的速度?"

宇文述略有所思道:"晋王,废除太子,在朝廷确实是件大事,这里面还须有一个人在中间做皇帝的工作,这个关节通了,事情就成了。"

杨广想了一下,说:"看来只有亲信大臣杨素最有可能,只是他不会帮我呀?"

宇文述听后,拍着胸脯说:"这有何难,杨素的亲弟弟杨约与我交好,托弟弟传话,哥哥还能不听?"

杨广大喜,拿出许多金银珠宝,让宇文述带上备用。

宇文述一到长安,先去拜见了杨约,送了好多珠宝古玩,杨约十分喜欢。

第二天,杨约到宇文述家中答谢。宇文述当即设宴款待,酒兴之中,宇文述又拿出一些极品古玩让杨约看,杨约顿时赞不绝口,夸其件件是宝。

第三天,宇文述也高兴了,说:"你既然喜欢这些物件,那我

43. 杨广夺太子之位

与你以掷币赌输赢,你若赢了,都归你带走。"这个玩法,杨约哪能不允。

宇文述假装不赢,宝物全输给了杨约。临行,见得了如此多的宝物,杨约有些不好意思,谦让了许久。

宇文述见火候到了,就附在杨约耳边说道:"杨公以为这些宝贝是我故意输的吗?我哪来这等宝贝呀,实际上全是晋王赠你的。"

杨约大惊,宇文述笑了笑,又说:"这些物件算什么,还有更大富贵送给你。"杨约越听越没明白。

宇文述直言道:"如今太子失宠,主子早有废除他的意思,若能立晋王上位,你哥哥一句话就能把事办成,若晋王做了太子,你兄弟就大功一件,晋王能忘记你兄弟俩吗?日后有的是荣华富贵哟。"

杨约明白了,点头说:"你所言甚是,我现在就回去与我哥商量,请听我的信。"

杨素听了弟弟一番话,大喜道:"我都没想到,还是弟弟路子宽些,你去告诉晋王,我照办就是了。"

恰好隋主召令待宴,皇后也在座,心怀鬼胎的杨素借机大赞晋王孝悌恭俭。隋主还没开口,皇后对杨素道:"公也如此看重我二儿。二儿大孝,不像老大整天宠妃妾侍,不务正事,没一点储君体统。"

杨素知道皇后的意思,于是又添油加醋地真真假假把太子杨勇说了一通,当场让隋主感叹得收不回面子。皇后为表达感谢,还专送给杨素些金银,杨素乐得不得了。

晋王杨广一心想篡位太子的阴谋终得逞。开皇二十年(600年)十月,隋主杨坚废黜了太子杨勇,贬为庶人。没过几天,就

立二儿子杨广为太子。

四弟蜀王杨秀,有为大哥杨勇抱打不平之意,杨广又设计陷害,也被隋主贬为庶人。

44. 杨广弑父篡皇位

杨广遂了心愿，当上太子，的确有着杨素的功劳。杨素也得到了好处，他的权威越来越高，不义之财也越来越多，宅邸十分奢侈豪华。

朝廷里大臣几乎没有人不畏惧他，也有极个别不怕的，如大臣李纲、梁毗等，他们为人正直，坚决不与杨素同流合污。梁毗看不惯杨素的做派，就给隋主上疏想弹劾他。

隋主杨坚看了上书后，半信半疑，下令将梁毗拘押入狱，并亲自进行审问。

梁毗一点也不害怕，实事求是地说："皇帝你也应当看得到，太子及蜀王为什么受到废除？满朝大臣无不感到震惊，但只有杨素高兴，还幸灾乐祸，皇上不觉得这很不正常吗？"

杨坚听后，觉得是那么回事，就没有再往下审了。

杨坚入殿召杨素："今天找你来，是看你近来有些太累了，这样吧，你先回家休息一段时间，朝廷里的事你就不用管，你每过五天来朝里一次就可以了。"

杨素知道有人在杨坚这里告了自己的状，杨坚已经对自己不太相信了，回到家里后，感到极为不安。

杨坚自从独孤夫人受凉染疾去世，就专宠陈叔宝的妹妹，赐号

为贵人，令贵人为六宫统管，凡后宫内事务，全由贵人说了算。接着又在后宫内召选了一位绝色丽人陪侍。

国内基本安定了，少有战事，杨坚由两位美人相伴，前往仁寿宫调养龙体，过着悠闲的皇帝生活，朝廷里的事务全交给了太子杨广打理。

这年，皇帝杨坚在仁寿宫一待就有好几个月，在准备回朝时染上了风寒，加上这些年来的操劳，年纪也大了，身体一直虚弱，这一病就卧床不起了。御医几天都没见到皇帝病情好转，急报太子殿下。

太子杨广听到消息，立即赶来。在父皇床前，杨广故意装出一副伤心的样子。其实杨广想当皇帝已经等得不耐烦了，见父皇已经病得不轻，他心里盘算着机会来了。

杨广招来杨素进见父皇。杨坚见杨素来了，自知凶多吉少，他也开始考虑后事，于是让太子杨广住在大宝殿，以便好随时召见议事。

杨广退出后即与杨素商议，并让杨素多留意朝中动向，随时听召处置应急，为自己登基做好准备。

杨素出宫后，杨广恐刚才太急了，没有把话说透彻，又亲自给杨素写了一封信，杨素阅信后，当即给太子杨广回复他的安排计划。

真是要想人不知，除非已莫为。偏偏这封送交太子杨广的回信，鬼使神差般地送到了隋主杨坚的手上。

看到这封信的内容杨坚就什么都明白了，知悉了杨广与杨素的阴谋计划，让杨坚一时肝火上冲，喘气困难。但此时的开朝皇帝杨坚躺在病床上，什么也不能做，只能心里感叹落泪，追悔莫及。

杨坚悲叹了几声，打算明天再来处理杨广之事。这时，一阵哭

44. 杨广弑父篡皇位

声由远而近，一个人来到跟前，隋主强打着精神睁开眼睛一看，不是别人，正是自己的宠妃宣华夫人，只见她抢步上前，神情非常慌张，隋主用微弱的声音连声发问："到底怎么了？"

宣华夫人才哭诉着道出四个字："太子无礼。"

杨坚听完宣华夫人的哭诉，喘着气，大声吼道："这畜生，怎能交付大事？独孤夫人，你害了我啊！"

杨坚即呼内侍进来，命令速召柳述等大臣，让人把大儿子杨勇召来，意思是想废掉杨广太子身份，把皇帝之位传给杨勇。

柳述等大臣出屋后连忙商议："废除太子杨勇被禁在东宫，这必须有特别敕书方可召入。"为了不耽误事，柳述即拿出纸笔，代为草敕一份皇帝诏书，准备立即召杨勇来见皇上。

这诏书还没写上几个字，突然从外面闯进来好多卫士，不由分说，把柳述等大臣一个个抓起来，说他们要伺机谋反，宣布将他们拘捕入狱。

事情的发生原本是太子杨广想调戏宣华夫人，没有得逞。杨广知道事情败露，宣华夫人一定会来向皇帝杨坚告状。他顿时感到事情不妙，急召杨素前来商议对策，杨素一听，感到事态严重，大喊："坏了，坏了！"

杨广连忙问："如何能解？"急得像热锅上的蚂蚁。

还是杨素老谋深算，他想了一会，对着杨广耳语道："一不做，二不休，先下手为强，干脆提前送主子上西天，一了百了。"

杨广一听，破涕为笑。他觉得这正是自己所想的，即召令他的卫士进殿，也正赶上柳述几位大臣正在商议草拟诏书，于是让卫士先把他们几位老臣抓了起来。

随后又令宇文述写诏书，一边发出东宫兵帖，掌握兵权，朝廷各门岗一律由自己的人监守，另一边派心腹御医张衡进殿问病。

张衡在得到了杨广的密召后，进屋探视皇帝病情。进屋后，正赶上皇帝痰塞，只能睁着两只眼，嘴里说不出话，两个夫人手忙脚乱，边叫唤着，边在拼命为隋主顺气。

张衡大喝一声："圣上已经这样了，你们还不迅速回避！"两个宠妃夫人刚出去一会儿，张衡就出来报告"皇上驾崩"的消息。

太子杨广与大臣杨素一同进来探视，果然皇上已经一命呜呼，气息全无，只是瞪着一双大大的眼睛，没能合上。

杨广假惺惺放声大哭，杨素连忙摆手："不能哭，不能哭！"杨广不知为何，停止了哭泣，忙问为什么？

杨素告诉他："此时还不能发丧，必须等太子你登基，颁发遗诏，这才是万全之策。"

杨广全听杨素的安排，命令杨素拟遗诏，安排择日登基。盖世开国皇帝杨坚，享年六十四岁，在位二十四年，一朝病卧，竟被自己的儿子害死。

仁寿四年（604年）七月，杨广登基，如愿当上皇帝，他就是历史上的隋朝炀帝。

隋朝炀帝杨广登基后，立即派人捏造了杨坚的遗诏杀死了哥哥杨勇。后除了弟弟杨秀贬为庶人，留有一命外，另外两个弟弟也分别被炀帝杨广陷害杀害。

45. 炀帝南巡凿运河

隋炀帝杨广，先弑父皇，后清除掉了一脉相承的四位骨肉亲兄弟，费尽心机要达成的梦想，如今已顺遂，现在障碍全无，可以稳稳当当，安安逸逸地享受皇帝的快乐日子了。

一天，炀帝带着嫔妃们正在宫中游戏，一位术士趁炀帝兴头上，上前讨好地说："据我占卜，现在这个地方有点不适合陛下长久居住了，与陛下的命相不合，有个地方最适合陛下。"术士故作神秘兮兮的样子。

炀帝有点好奇地问："爱卿，你快说说，哪里是好？"

术士笑着说道："洛阳。"炀帝听了很是开心。于是他让长子留守长安，自己带着爱妃大臣们一起出游洛阳。

到了洛阳，炀帝看中这是块宝地，于是决定在这里建立新都，大兴土木。

几位喜欢溜须拍马的官员，也得到重用，受令监工。工程日夜施工，先建了几座行宫，这一年，炀帝就在洛阳过了冬天。

次年元旦，炀帝就在洛阳登朝处理朝政。

当时皇宫房子还不够规模。于是又下令杨素为总责任人，招募数百万民工一起动手，建筑了很多宏伟的宫殿。

为了让新京都更有人气，就派官员把周边几个县镇的商人、百

45. 炀帝南巡凿运河

姓全迁至皇宫周边居住,很快,洛阳新都好不气派,热闹非凡。

过了几日,炀帝觉得这些已建成的宫殿并不如自己的意,于是又安排人专门建造一栋供自己吃喝玩乐的专用行宫。官员为了让炀帝高兴满意,四处寻找最珍奇名贵的建筑用材,四周及沿路都栽种全国各地选来最名贵、最稀少、最漂亮的花卉,宫殿内装修得富丽豪华。

炀帝这回满意了,给行宫命名叫显仁宫,吩咐嫔妃们搬进来,与自己一起居住,尽享人间天堂的快乐。

一天阳光明媚,炀帝好心情,约了宠妃一起在宫内鱼池里钓鱼。

这时杨素几个人进来汇报工作,炀帝正好又钓一条鱼,也没等杨素要说什么,就招呼杨素过来一起钓。杨素哪敢不听旨,于是拿了一根鱼竿坐在一旁。

说也怪,炀帝连钓了好几条鱼,可杨素连条鱼影也没见。炀帝开玩笑地问:"杨公,你是文武双全,可在某些方面,也有不行啊。"

杨素也没想那些,心想,我来汇报工作,你一句都没听,还要我来陪你钓鱼。于是随口应道:"你刚才钓的鱼,都是些小鱼,我一会要钓就钓一条大鱼。"

这不是在明明说气话吗?炀帝觉得杨素话里有话,非常生气,扔下鱼竿就回到了后宫。

一边擦汗,一边还在骂:"杨素你个老家伙,越来越不像话了,说话的口气越来越大了。非要我把你个老家伙给杀了,你才舒服了。"

宠妃萧氏连忙过来劝了半天,才让炀帝平息了点火气。

炀帝又来到池塘边,恰好杨素钓了一条金色鲤鱼,于是在炀帝面前显摆,炀帝看也没看他一眼,杨素自知无趣,悄悄退下。

炀帝在新都洛阳小住了一段时间,感觉江南的风景比洛阳还是更优美。于是下旨自己要去江南巡游,要游览江南的名胜。

有一位大臣向炀帝进言:"圣上想去江南的话,还没有水路相连,长江黄河的水都是向东流的,如果从陆地上走下去,圣上会玩得很累。圣上要想玩得尽兴,又玩得不累,那就得新开一条水路,将南北水道打通,这样的话,玩起来就更方便、更舒服。"

炀帝一听,很是高兴:"好啊,这条建议好,那就新开通一条直达江南的水路运河。"

不知哪一位大臣说了一句:"开通这条新水道,会到何年何月?"

明白人都知道,这不是件容易的事,得耗费多少人力、财力才能完成。当下兴建洛阳新都,国库钱财用得差不多了,再建这宏大

45. 炀帝南巡凿运河

的水利工程，谈何容易。

炀帝瞪了那位大臣一眼，有些不悦，接着便对大臣们下旨："不论花费多大的气力，这条运河必须要把黄河与淮河连通，必须按期完工，否则，就按职追责。"

大臣们分工下去，四处组织招募民工一百多万人，形成空前的开凿运河劳动大军……

大运河的开通，凝聚着隋朝劳动人民的血汗，加起来有数百万计的民工，男丁不够，女工补充，劳累病死者过半，还使上百万家庭妻离子散、家破人亡。

可以说，炀帝为了个人作乐，不顾劳动民众的苦难死活，开凿运河，这是隋朝沿河两岸劳动人民的苦难史。

在开凿运河时，有大批负责监工徭役的朝廷命官，劳役叫他们"麻祜"，他们对劳役十分凶狠，动辄打骂，至伤至死者无数，劳役

们一见到他们就害怕。

当时沿河两岸的百姓常用"麻祜"这个名字来吓唬不大听话的孩子,他们会说,你看"麻祜"来了,那些调皮捣蛋的孩子都会被吓得不敢哭闹了。

又过了一年,运河开凿工程完成,炀帝下旨要南巡的时间也到了。

出发时真一个气派,炀帝与萧妃各乘一条四层楼百余房间的龙船,后面有嫔妃、贵族大臣和朝廷官员。物资保障的船就有数千艘,将此次南巡的船只前后首尾相连有二百余里,仅为南巡船只接纤的纤夫就有八万多人。

各当地县官组织沿河两岸百姓数万人迎送,地方护卫人员和军队士兵负责沿河两岸的安全保卫。到了晚上,河里船上是灯火辉煌,沿河两岸彩旗招展,锣鼓喧天,一路风景好不壮观。

南巡线路的沿途百里均设有一处行宫,每到一处行宫,炀帝都会下船召见地方官员,并游玩一两天,地方官员唯恐皇帝不高兴,各尽其能,天上飞的,地上跑的,水里游的,只要能弄到的,使出浑身解数,也要把皇帝照顾到舒服满意为止。

按南巡总行程安排,炀帝直奔南都而去。到了南都,炀帝觉得应该好好休息调养一下身体了,于是与皇后嫔妃们下船,在这山水胜地,尽情享受休养了一年的时间。

46. 炀帝首伐高丽

隋朝炀帝特别喜爱游山玩水,从南巡江南回宫后,转眼就到了大业五年的春天,草长莺飞,阳光明媚,刚刚冰雪融化,炀帝又整顿好行装,准备出发去黄河东部一带游览。

炀帝人还没出发,就传来报告,说吐谷浑的可汗伏允遭到侵略,请隋朝派兵救援。

对于吐谷浑这块土地,炀帝早就想夺占了,现在正好是个机会,于是就派将领出征,打着救援的旗号,实则见机夺取。

可汗伏允也得到了消息,隋朝此次出兵,名誉上救援,实际上是想灭了自己。可汗伏允哪是隋朝军队的对手,没等隋朝军队到来,自己早早就跑到雪山中躲避。

隋兵追击,顺便攻下了另两座城,最终吐谷浑国的东西四千里,南北两千里领土,全归了隋朝。

随后,炀帝又乘胜重整边防,隋朝边境的疆域面积大大地增加了。

炀帝以为自己不得了,功德举世无双,他把东都视为乐土,不愿入长安,朝朝暮暮花天酒地。

当时西域人都前来朝贡,明珠异宝、虎豹犀牛、名马美女,无奇不有,炀帝更是不知天高地厚,整天与嫔妃们在深宫行乐。

一天,炀帝好不容易来到大殿宝座上,闻得奏报:"隋军发兵航海东击琉球,一举攻破琉球并击毙了琉球国王,还俘虏了好几千士兵回来。"

征服了琉球国,炀帝还想征服高丽国。

炀帝在巡视北方几个地方时,曾下令高丽国的使臣回去叫高丽国的国王来隋朝面圣。

谁知,这高丽国国王不仅不来面圣炀帝,还放话说:"凭什么?"

这下把炀帝惹恼了,他怒声说道:"海内外,竟然还有敢不向我隋朝称臣的主,看我怎么收拾你!"

炀帝咽不下这口气,决定亲征,教训这个高丽。他随即下令天下富有的百姓必须买马服役,命令将领们率兵操练,所有兵器一定要精心打造。

46. 炀帝首伐高丽

到了大业七年（611年）仲春时节，炀帝从江都出发，驾着龙舟通过水济渠向北达到涿郡，他又令各路大军向涿郡聚集，等大军到齐就向东伐兵。

除此外，还令幽州总管督阵赶造战船三百艘，造船工匠站在水里日夜工作，不能休息，结果大多数人齐腰以下都生了蛆，每天死人无数。

炀帝又调集长江淮水一带水手一万余人，弓箭手三万多人，岭南竹排手三万多人，又命河南、淮南、江南三处民工赶造五万辆战车，并派拨大量民工输送粮草，一时车船绵延千里，往返运送民工数十万人之众。

从大业二年（606年）初夏到次年的春季，各路人马集结完毕，达到一百三十万余人，号称二百万大军。

炀帝总统率，一声令下，前军先行，后军继后，护驾御营六军最后出发。整个大军四十多天，才走出涿郡城。军队浩浩荡荡，首尾相连，鼓角相闻，如此大军，古今中外也是罕见。

几日后，大军在辽河集结，这阵势也没让高丽士兵退缩，高丽士兵据江水坚守。

炀帝令工部尚书造三道浮桥，架在辽水上面来引渡大军到对岸，可桥造好了，高丽士兵突然杀了过来，隋军士兵只好跳下水拼死抵抗，结果淹死了不少士兵。

浮桥建好，隋大军入境到高丽疆土，因双方兵力差距太大，隋军一举把辽水东岸的高丽士兵杀得落花流水，死了近万人，隋军乘胜进攻，把辽东城围住，炀帝亲自上前督战。

高丽士兵作战很英勇，他们坚守辽东城，奋勇抗击隋朝军队的进攻。打了两天，隋军久攻不下。

这下炀帝急了，对将领吼道："这仗打的，这么多人，怎么就拿不下一个辽东城?"于是他带着几个将领到阵前观察战况。

大将军来护儿向炀帝请示,他想亲自率兵先进攻平壤城。炀帝同意了来护儿将军的请旨。于是来护儿大将军指挥长江、淮河过来的数千名水军向平壤城发起进攻,当队伍进入到距平壤仅只有六十余里时,遇到前来阻击的高丽军队。

两军交战,因兵力数量上相差很大,高丽军还是不敌隋朝军队,在隋军的猛攻下,把前来阻击的高军士兵打得稀里哗啦,很快将高丽军消灭。

来护儿将军又令自己的军队乘胜攻入了平壤城中。

只听一声炮响,城中突然窜出数千高丽士兵,左砍右杀,喊杀声此起彼伏,把攻入城里的隋朝军队一下打蒙了,死伤过半。

见此阵势,来护儿连忙鸣锣收兵。因为继续战下去,损伤会更大。

46. 炀帝首伐高丽

进城这一战，对隋朝军队很是不利，兵力分成城里一半，城外一半，城里城外两头不能相顾，结果城里一半被高丽士兵杀得差不多了。剩余的士兵，也被高丽士兵俘虏去了。好在隋军援兵赶到，才阻止了高丽兵的追击。

来护儿将军收拾了残兵败将，这仗再打不下去了，他也不敢再与高丽兵打了。

另一路隋军统帅是炀帝的心腹宇文述。原计划多路人马先集结在鸭绿江边一起进攻。结果士兵带的物资较多，背的有多日的粮食、穿的厚厚的战衣，还有刀具等，多日的行军，士兵有的走不动了，有的把粮食吃得差不多了。

总而言之就是士兵累了疲了，怨声大，再也不想往前走了，还谈打什么仗呢！

宇文述有令在身，不得不组织军队进攻。当隋军过了鸭绿江，推进到距平壤只三十里位置时，阵势还是很威武壮大。高丽军这里派出使者前往隋军阵营，给统帅宇文述送来一封信。

信中大意是："只要你宇文述率兵退去，高丽主子即日内，一定前往隋朝觐见炀帝。"

宇文述见此信甚喜，既可不战，又能让高丽王拜见炀帝，这是两全其美的好事，即号令隋军西退。

就在隋朝军队撤退放松了战斗警惕时，早已埋伏在两边的高丽士兵突然一起冲杀出来，杀得隋军士兵措手不及，有的被杀，有的落入江中，死伤惨重。高军这一击，把宇文述的美梦击碎了，他忙带着剩余的败兵逃过了江。

得到宇文述这边惨败的消息，大将领来护儿连声悲叹："惨败，惨败啊！"他再也不敢作战了，快快地逃回了国。

47. 杨玄感起兵

隋朝炀帝因受不了高丽王的气,首次伐兵东征时,被高丽军队击退,等败兵返回国内时,几乎是全军覆没,且一切军需器械均失殆尽,真乃偷鸡不成蚀把米,得不偿失。

气还没出,时隔二年,炀帝心血来潮,决定再次东征。

因两次东征,朝廷加大了对劳苦民众的盘剥,天下人难以供奉打仗所需的粮食、马匹、服装、器械、车辆等物资,尤其是粮食收不上来。

政府和官兵不管这些,强行在民间征收,收不上来,就派兵抢夺,百姓怨声载道,不少人被逼得走投无路,只好铤而走险,相聚为伍,上山为盗。

一时间,举义旗的队伍如雨后春笋,少则几十人、几百人、上万人,多则几十万人,他们抢富户,攻打县衙门,分粮库,闹得人心惶惶。

正在东征途中的炀帝收到奏折:"当下,国内常有不安分的人揭竿闹事,且愈演愈烈,若不严惩,将会影响社会安稳。"

听了奏报,炀帝根本没当回事,轻描淡写地批奏:"此等小贼,何足为虑。"炀帝继续东征。

当再报,动乱势力越来越大,若内忧不除,将会坏了社稷。这次的奏折,让炀帝有了担心,于是,放弃了二征高丽的计划。

带头闹事的人是谁?是朝廷一位旧臣的儿子,名叫杨玄感。此人身材高大,臂力过人,喝起酒来没有对手,为人豪爽仗义,骑马射箭样样精通。

恰逢蒲山郡县一位官员叫李密,他与杨玄感来往密切,很是投缘,无话不谈,成了肝胆相照的朋友。

叙酒时,杨玄感几杯下肚,话也多了:"现在日子不好过,百姓的怨气大得很啊……"

杨玄感略停了一下,接着又说:"把人搞急了,会闹出事来的。"

李密小声地道:"听说,山东那边有人在拉队伍。"

杨玄感应声:"是的,我也听说了。"他又问李密:"你帮我计划一下,我的队伍人也不少,何不趁朝廷出兵东征之机,洛阳空虚,反了他们。"

李密经一番思考后,分析了"上、中、下"三计策,当然是上策是最可行的。

可杨玄感在行动时,没有听进李密的话,认为进攻洛阳是个绝好机会,亲自带队伍强攻洛阳城。

洛阳城的守军组织了坚决抗击,你攻我守,相持不下,一直打了好多天。

西京的守军听说东都洛阳被围,于是派副将带兵急奔洛阳救援。但这个副将由于太轻敌,在与杨玄感的队伍交战中,两战两败。杨玄感的信心倍增,名声传开,加入的叛军达十万之众。

炀帝已率军返回,即派军队四面包围杨玄感的队伍。从西京前来救援的副将领打算与杨玄感决死一战,再次发起进攻,在四面大军的包围压力下,杨玄感觉察到了危机,此时才感到没听李密的计

策，盲目围攻洛阳，吃了亏。

杨玄感放弃了对洛阳的进攻，领着队伍向西撤出。追兵也近了，只得边战边退，后来全部被围住，十余万人全被镇压，只逃脱了李密一人。

炀帝想彻底清除这次叛乱，下诏大臣去洛阳从严查办。只要与杨玄感有牵连的人全部处死！这一次共清杀四万多人。

尽管盗贼叛军还时不时发起叛乱，但炀帝还是没有忘记东征高丽。大业十年春，炀帝统兵第三次征讨高丽。

炀帝这次东征吸取了前两次的教训，先派来护儿为前锋，全军将士个个奋勇，锐不可当。高丽王见如此阵势，没等隋朝军队到那城下，早早就派使节奉书乞降。炀帝想，这还没开打，就不战而屈人之兵，甚喜，随即班师回朝。

可是，过了好久，根本就没看到高丽王的影子，炀帝知道又上

47. 杨玄感起兵

当了，还想出兵一战，已力不从心，伐兵高丽的事就先放下了。

有一天，一方士上奏炀帝："皇帝，李氏要当天子，应该把所有李姓人杀光，不留后患。"

炀帝也确实忌讳这个说法，因其父皇在位时，曾梦过洪水淹没都城，因此迁大兴。此时有个李浑，是隋朝初年太师李穆的第十个儿子，浑字左边从水，李浑有个侄子小叫洪儿，种种疑心巧合。

随后炀帝召洪儿入内，说他小名犯了天子大忌，先杀了洪儿，又杀了李浑，后又杀了李氏宗族全部。

因内外暂无患，炀帝在宠妃们的陪伴下，又去新建汾阳行宫住了三个月。当要回朝时，又偏要向北巡游，于是一行人又从汾阳到了塞外。

这不，刚出城，从突厥传来密信，说突厥首领始毕要来袭击皇帝，一行人立马掉头飞奔雁门关。

犯兵突围攻聚塞

可没曾料到,刚到雁门关城下,一声胡哨长响,胡人漫山遍野冲杀过来,这次真把炀帝吓出了一身冷汗,那边始毕率众猛攻,这边雁门关守将率士兵誓死效忠炀帝,决战近二十天。

突厥首领始毕不退兵,炀帝和宠妃们焦急万分,寝食难安。

将军云定兴奉命参战,一天,正在为退兵一事犯愁。恰好见一位英俊少年走进他的军帐,口称自己来毛遂自荐,自有妙计可以退兵。

云定兴见他气宇轩昂,问其来历,原来小伙子是李渊的次子李世民。云定兴问他有何战法能解救皇帝?

李世民回答道:"这次始毕突然来袭天子,是瞧准了朝军仓促之间无法援救,现在只要虚张声势,做样子造势作疑兵,绵延数里,白天摇动旌旗,晚上鼓号喊声相呼应,胡人必定认为朝廷大军已到,谅他们也不敢再战,自然会迅速退兵而逃。"

大将军云定兴听后,鼓掌称绝:"妙计!妙计!"即依计行事。

始毕果然以为是隋朝救援大军赶到了,再没心思围攻雁门关了,撤退了围困多日的军队。

炀帝终逃过一劫,转危为安,即日回朝。

炀帝雁门关被突厥首领始毕围困,这给了炀帝一次很大的打击。

要不是事先得到了突厥首领始毕突袭的情报;要不是雁门关守城将士们拼死守卫;要不是大将云定兴巧用李世民疑兵良计,那恐怕,隋朝主子的性命,这一次就难保了……

  **48. 骄奢淫逸的炀帝**

有人评说炀帝是"三好"皇帝，即好游、好色、好奢。真乃穷尽帝王之奢靡。

炀帝在雁门关被围困十多日，虽然那些日受到了惊吓，但逃过了这一劫难后也没长什么记性。

炀帝不愿去西京长安，又转身回到了东都洛阳。又开始过起他逍遥快活的生活，整天沉溺于酒色之中。

炀帝在与宠妃们一起游戏时，突发对身边的大臣们说："现在的宫苑，建筑这般宏伟壮丽，富丽堂皇，也确实够豪华、够气派的了。可是呢，总觉得这宫苑，让朕感到还差点什么，让朕心里有些遗憾。"

一位大臣问："皇上有何想法？"

炀帝如是说道："你们看啊，现在这宫苑房子是不错，但里面没有几间曲径幽静的小房间，要是多些这样的密室空间、精致的密室，朕要是与嫔妃们在里面娱乐，不就更开心了。"

随即就有一位大臣讨好炀帝："皇上，我正好有一个朋友对建造小楼房、阁楼很有研究。"

炀帝一听高兴了，那好啊，随即派人去把这个匠人找来。

不多会儿，这个能干的匠人来了，炀帝见面就问："你能建精

致玲珑密巧的小楼阁？"

匠人连忙向皇帝奏报："臣民为富贵人家建过一些。"

炀帝建房心切，于是让匠人赶紧回去把设计图纸制出来，送他审后，就动工修建。

匠人哪敢违抗圣旨，第二天就送来了图纸。炀帝一看图纸后，很是满意，即令大臣们分工准备，组织开工。

大臣们谁也不敢多说一句话，只能在下面悄悄议论：这又得花多少经费啊？今天建行宫，明天造明苑；长城未了，又凿运河；南巡北猎，西讨东征，没有消停过一天……

开国皇帝杨坚创业二十多年来的积蓄，哪经受得起这般消费呢。

大臣们只能默默感叹，没有谁敢出来劝阻，你敢出来说话，除非你不怕掉脑袋，炀帝火了，直接下令处死。

匠人领旨建楼，日夜加班加点，才过半年时光，就建筑得有模有样，只见楼上幽房密室，错杂有序，叫人眼花缭乱，顾不应暇。

走进了这密宫，万转千回，前遮后掩处处都显巧思构想；再看玉栏朱栅互相连属，重门复户巧合回还；眼见明明是在前轩，几个转弯竟在后院；刚才还在外廊，环绕现身却在内房；这边是金龙绕柱玉兽护门，那边是明月透窗玉凤拂帘。

这幽楼密室建的，整个把炀帝看得目眩神迷，炀帝即赐此楼为"迷楼"。

从此，炀帝不愿再住宫苑了，并把宫苑里的美女都挑选出来到"迷楼"里来陪住，又下诏书派专臣去民间挑选良家童女三千来"迷楼"做宫女。

此时不断有奏报称四面八方有盗贼兴起，多地起义动乱不断，百姓叫苦连天，很多人背井离乡。

48. 骄奢淫逸的炀帝

炀帝每日花天酒地，醉生梦死，除了出去游宴外，都在这"迷楼"里过着逍遥快活的日子。面对国家政事，不闻不问，有时一个月也难得看一次奏折，就算是军政大事，也统统抛之脑后。

有一位大臣，费尽心思想讨好炀帝，一天趁炀帝酒后正高兴，忙上前说道："圣上，我想送你一件玩物。"

能在皇帝身边说得上话的人，一般都是皇帝信得过或喜欢的人。

炀帝接过话："贤臣，有何物件送朕？"

大臣说道："我想送皇帝一辆特制的车，这样便于皇帝四处出游，可不用走路步行了。"

炀帝一听，甚喜："好，好，这个好，我正寻思着，四处巡游没有车，在这'迷楼'里，房间多，我每天转来转去的，也很辛苦，要是有一辆车，就方便多了。"

这位大臣挖空心思，制造出一辆供炀帝游玩的游车。你瞧这车，下有轮子，左右把手有机关，车身能上能下，能前能后，就是在"迷楼"里走窜各密室，也能行走方便，不用皇帝步行，在地面轻轻着力，行走如飞。

炀帝见了车子，真是高兴得嘴都合不拢了，说道："朕有了这辆车，日后可以在楼里任意行乐，任意逍遥了。"于是他给这辆车子命名"任意车"。

有了"任意车"，炀帝更是如鱼得水，每天乘车出游吃喝玩乐。后又令画工精心细作了几十幅春宫图，分别悬挂在"迷楼"的各个房间里，供自己欣赏。恰巧有地方官员给炀帝献上几十面高五尺、宽三尺，精制磨砂，镜面照人的乌铜屏镜。

炀帝十分喜欢，夸道："画里的人，再漂亮也是虚的，只有这镜子里的人，才是真的，这才合朕之意。"

又过了一段时间,转眼间天和日暖,花红叶绿,草长莺飞,东都中的山光水色格外明媚。炀帝见如此好天气,兴致更浓,于是召集群臣到西苑水心岛齐聚晚宴。

宴中,水兵在水面上演木偶戏凑兴,木偶在水兵们的操纵下,摆出各种姿态,不时惹得阵阵笑声。一边品着美味佳肴,一边宫女们来回穿梭,烛光湖影,柳梢月色,好不令人赏心悦目。

宴会一直进行到很晚,大臣们才散去。

炀帝总会寻欢作乐,他看见苑中有萤火虫飞来飞去,很是漂亮,随即令苑中的所有宫女杂役统统出来捕捉萤火虫。然后把捕捉到的萤火虫集中起来,置放在纱网中。再令人把装有数千只萤火虫的纱帐拿到山顶上,打开纱网,把捕捉的萤火虫一起放飞。

一时间,萤火虫在空中穿梭漫舞,忽高忽低,忽左忽右,银光点点,好不壮观,照得山谷一片银光。这东宫的人探头远远望去,还以为是东宫哪栋楼房失火了,且不知,这是炀帝为了取乐而捕捉放飞的萤火虫的萤光……

49. 李渊自立唐王

这边炀帝圣驾畅游，花天酒地，尽享天福，醉生梦死，那边却是各地起兵造反的奏报越来越急。

当时东都就有一个叫翟让的人，在河南瓦岗寨占山为王，带的队伍很快发展达万余人。

李密也来到了瓦岗寨，同时在各起义军的首领中串联，力劝他们乘当前乱世，起兵中原。一来二往，李密讲得有道理，为人也谦和，受到各起义队伍首领们的敬重。

大家相信李密，一致推举他为谋主，后有不少人来瓦岗寨投奔李密。李密也与瓦岗寨军师徐世勋结交成好友，共同劝翟让出兵。翟让听了李密的建议，首先发兵进攻荥阳诸县。荥阳之战取得胜利，得了许多物资，人也多了。

后来翟让与李密闹了矛盾，两人分开了。

李密独自领兵西行，沿路招降不少兵马，因李密名声好，响应者多，队伍越来越强大。兵力显弱了的翟让，有些后悔，又重新与李密合在一起，闹得所到之处，官兵不敢与之对敌，任其发展。

李密看到天下大乱，急欲进取东都，占据中原腹地，再号四方起义队伍聚集。

李密、翟让带兵先袭击了洛口仓，一击取胜。

东都守将杨侗（dòng）派兵一万五千人前来救援，结果也被李密率军打败。这一战，李密、翟让威名大振，翟让推李密为主，号为魏公，自称元年。李密登坛封官，江淮各地的起义军都纷纷归附，李密以洛口城周围四十里为中心，建立了根据地。

在洛口一战中，没有及时赶来救援的朝廷官员裴仁基，怕朝廷治罪，进退两难，经李密诱降，裴仁基把虎牢关献给了李密，并同翟让一起进攻洛东仓，大胜而归。后有隋军将领秦叔宝、程咬金等人，也相继归降了李密。

李密的队伍越来越强大，于是就发出檄文，堂堂正正地声讨炀帝，乱世枭雄李密趁机得势，风卷海内外。他本以为拿下中原并不难，有朝一日，可称皇呼帝，偏偏天命，不可为之。

这时的守将李渊，奉炀帝之命留太原镇守。晋阳令刘文静同李

49. 李渊自立唐王

密有姻亲关系，李密谋反，刘文静受牵连被削职除官，关进监狱。

李渊儿子李世民随父亲来到太原，他与刘文静是好朋友，常来狱中探视，有点替刘文静叹惜。

刘文静很感谢李世民来看他，于是对李世民说："现在天下大乱，性命如鸿毛一般轻，除非有汉高祖、光武帝复活，天下百姓才有希望，才能重见天日。"

李世民问道："你怎么知道这世上就再没有人出来挑头了？我今天来看望你，就是想与你商议这个事的。"

刘文静听李世民这么一说，有些兴奋："好啊，那这个人就应该是你父亲。"

李世民有些为难地说："这个，恐怕我父亲不会听我的意见的。"

"这个好办，你按我说的办，就成了。"于是刘文静在李世民的耳边说了一计，李世民高兴而去。

原来李世民父亲在晋阳城衙门里有个最好的朋友叫裴寂，刘文静知道李世民劝说不了他父亲，但他可以去和裴寂建立朋友关系。

裴寂的嗜好就是酒和赌。李世民先投其所好，天天跟裴寂喝酒，然后去赌，故意输钱，乐得裴寂成天盼着李世民来陪他喝酒、赌钱。

一天，李世民终于开口，把要密谋夺取关中的事告诉了裴寂。

开始裴寂也有些为难，他知道李渊的脾气，怕劝不了。后经李世民的一再相求，想了一会儿，说："我自有办法了，一定会让你满意。"

隔日，裴寂把李渊邀请到晋阳宫酒楼，盛宴款待。饮到半醉时，过来两位大美人上来劝酒。

李渊已经喝得差不多了，也没再问来人是谁，还以为是来陪

唱的歌女，乐得借酒陶情，畅饮遣怀，不多一会儿，就醉得不省人事。

等到大半夜酒醒，睁眼一看，怎么有两个大美女在侍陪？不禁惊奇，连忙问其来历，才知道两美人儿是晋阳宫中的两位宠妃。

这晋阳宫是天子的行宫，两位美女是天子留在宫中的御嫔，若让天子知道，两位御嫔陪寝，非杀头不可！

李渊大惊失色道："裴寂，裴寂，你害我呀？"

见李渊上了道，裴寂笑道："您何必如此胆小，不要说这两个宫女，就是隋朝江山也可唾手取得。"

李渊顿足叹道："误我，误我！"

李世民见机，前来劝说父亲晓以利害，这样终于把李渊说动了心。但想到家人都在河东，李渊还不敢轻易行动。

可李世民就等不得了，他已经安排心腹去河东接家人到太原，等家人一到太原了，他就兴师起兵。

裴寂也有些担心出问题，紧催李渊兵变。李渊先把刘文静从监狱里放了出来，令他写假圣旨，发给太原的军民，告知他们要讨伐高丽。

百姓不知真假，就害怕出兵打高丽，又要遭殃受罪，就盼着天下大乱，他们好躲过这一劫。

刘文静考虑到突厥趁空子来袭，建议李渊亲自写一封书信并以厚利与突厥通好。突厥首领始毕可汗接到李渊的信后，见有利可图，当即应允，并答应说："若唐公当天子，他还可以听候调令，出兵相助。"

此时的李渊还不敢贸然称君。于是采用了裴寂的计谋，先尊隋帝为太上皇，宣称要立代王杨侑（yòu）为帝，传檄文到各县。

李世民奉命在泾阳发兵，收降各路将领，扩军达九万余人，由

49. 李渊自立唐王

于军纪严明,沿路深受百姓拥护,守城县令无不叩马相迎。

当李渊与李世民父子的两支军队会合在一起进攻长安时,兵力已经达到二十余万。李渊没费什么劲,就带着人马进入长安,立即派人在东宫里找到了只有十三岁的代王杨侑。

次日,李渊拥立代王杨侑做了皇帝,尊炀帝为太上皇,改元义宁。李渊自封为大丞相,掌管朝廷内外军事,为唐王。

50. 隋朝灭亡

话说天下大乱,那边李渊与儿子李世民已率队伍进入了长安。权宜之计,先拥立了十三岁的代王杨侑做了隋朝皇帝,李渊自封丞相,为唐王。

这边炀帝,依旧我行我素,东游西逛,贪恋酒色,荒淫无度。但是北方的不安定,李渊犯上作乱,他还是听闻了,不免有些不安起来。

一天,萧后陪着在宫院散步,突然,炀帝在一面镜子面前停下。

对着镜子照了一会儿,问萧妃:"你说,现在要是有人想来砍我的头,你说这个人应该是谁呢?"

萧后听了炀帝的话,一时惊恐,忙问:"皇上,何有如此不吉的话来?"

炀帝看了萧妃一眼,说:"这人世间,酸甜苦辣,循环相生,又有什么惊惶的?"

又过了些日子,宫里的粮食物资都消耗完了,护驾的将领侍卫都是关中的人,离别故乡久了,不免思家心切。

长安已被李渊父子占领,炀帝也不想回去了,于是想迁都丹阳,宫里的关中人一听都不想去,所以接二连三有人悄悄溜走了,

50. 隋朝灭亡

炀帝忙派人去追杀，可派出的人也没有回来的影儿。

朝廷大臣赵元枢也有西逃之意，他把自己想谋反的心思也告诉了同在朝廷为官的好友宇文智及。

宇文智及觉得赵元枢与自己的想法不谋而合，说："如今这天下乱了，四处都有造反的英雄，朝廷已经不得人心。我赞同你的想法，我们手上也有几千、上万的人，现在不反，也没个出头之日；一旦反了，说不定将来还有机会当皇帝。"

赵元枢又说："做大事，必须先有个主帅，我看这事只有你家兄弟俩最合适。"

当晚，他们几个人一起议事，并一致推举宇文智及的哥哥宇文化及来牵头为帅，准备动手干一番事业。

朝廷上的议论也不时传入炀帝耳朵里，一天他问身边的朝臣王义："这天下会大乱吗？"

王义听后哭了，皇帝问他："你不说话，哭干什么？"

王义这才开口说道："皇上，平日里，为臣哪敢多说话，要不，我这人头，说不定早就被你砍下来了。"

炀帝这时温和了些，对他说："好，今天让你说，有什么就说什么，朕不怪罪于你。"

王义不哭了，说道："谢皇上，为臣今天退下，明天上朝呈书。"

第二天上朝，王义果真给皇帝呈上一封信，里面写明了朝廷的腐败乱象、天下大乱的原因，隋朝大势已去，正走向灭亡。

炀帝看信后，感叹道："从古至今，国家哪有不灭的道理，皇帝哪有不死之先例。现在，我虽然有些后悔，但为时已晚了。"

王义跪拜皇帝，流着眼泪说："臣以前不敢说，是贪生怕死，今天斗胆把心里话说了，死亦无憾！"说着退出了朝廷。

炀帝知道了王义回家已自缢身亡的消息，安排人给予了厚葬。

这些时日,朝廷天天接到四处动乱的坏消息,炀帝感到格外不安,耐着性子在"迷楼"里又住了几天。一天正与嫔妃们饮酒消遣,只见宫院东南角,火光冲天,呐喊声阵阵。

炀帝忙召入一位将军问情况,此人正好就是密谋造反的将领裴虔通。

将军进入后说:"皇上不必惊慌,刚才看到的大火,只不过是那边的草坊起火了。"

炀帝见将军说得如此轻描淡写,也就安心地带着萧后和朱贵人入寝休息。

天亮时分,密谋造反的将兵,手持大刀向宫里杀来。

裴虔通在宫里做内应,除了把造反将士进入的东门通道打开外,将宫里对外的所有通道,全部派人堵死。造反的将士们杀向宫里,没有遇到任何阻挡,径直进入寝宫寻找皇帝。

士兵们进入正寝一看,室内、床纬里均无人。

原来炀帝与萧后、朱贵人听到有兵变的动静,连忙起床,从正寝逃到西廊。

这时,楼阁下人声喧哗,皇帝推窗一看,正好一提着大刀的士兵凶狠狠地直瞪着炀帝。

炀帝问道:"你要杀我?"

士兵回答:"我不敢杀皇帝,只想保护皇帝西去。"说着士兵提着刀直入室内,逼着皇帝下楼去。

炀帝不愿出门,正好裴虔通进来,对皇帝说:"圣上,朝廷百官全在大殿等候你驾临。"

炀帝被逼,边挤着出门边问道:"我有何罪?"

一将领接话:"皇帝违弃宗庙社稷,专听谗言,游巡不息,奢侈荒淫,多少士兵死在征讨战场,多少百姓无家可归,你说有罪还

50. 隋朝灭亡

是无罪?"

炀帝又说:"我负天下百姓,不负于你们,你们为何负我?"

将领火了,厉声道:"普天同庆,何止一人,今天我们就是要借皇帝的人头,告慰天下。"这一句话,把皇帝吓得冒出一身冷汗。

炀帝小儿子才十二岁,这时见父皇被逼得这样,上前拉着父皇的衣服,大声哭起来,只见裴虔通上去就是一刀,血流满地。见儿子惨死在面前,炀帝心如刀绞,也知道自己的下场,于是厉声正色道:"天子自死有法,快取酒来。"

没有得到允许,将士们让他自尽。

炀帝杨广把自己的围巾解下来,递给了围着自己的将士,他们一齐用力,这位在位十三年,自命不凡,荒淫无度的隋朝皇帝,从此一命归西,时年五十岁。

随后宇文化及自称大丞相,掌管朝廷百官。后立秦王杨浩为

帝，杨浩有名无实，实权全由宇文化及、宇文智及兄弟俩掌管专断。宇文化及欲想西进长安，途中被李密阻击，打得惨败。

李渊原打算在夺取了东都后再称帝，儿子李世民及众将领和各地方官员一再要求，都劝李渊早日称帝，号召天下。不久，李渊逼迫隋朝皇帝杨侑让位，自己在长安登基，称帝建立了唐朝。改年号为武德，定都长安。

李密后来被王世充打败，又来投靠李渊，李渊授李密为邢国公，李密嫌官职还不够分量，因野心太大，不久反遭诛杀。

宇文化及上次退兵后，队伍越来越败落，加上内部争斗激烈，宇文化及毒死了皇帝杨浩，自己也自尽了。

东都留守军队被掌握兵权的王世充统率，他自称帝，国号为郑。下诏连同隋朝皇帝杨侗及杨氏宗族，凡称过帝的族人，一个不留，全部杀光。

至此，隋朝被重重摔下历史舞台，从文帝杨坚篡周夺皇位开始，历经四代皇帝，共计三十七年。至此，隋朝一去不复返。